情深未完成

Everlasting Love

沈高成 著

当代世界出版社
THE CONTEMPORARY WORLD PRESS

图书在版编目（CIP）数据

情深未完成 / 沈高成著. —北京：当代世界出版社，2016.8
ISBN 978-7-5090-1122-5

Ⅰ.①情… Ⅱ.①沈… Ⅲ.①长篇小说—中国—当代
Ⅳ.①I247.5

中国版本图书馆CIP数据核字（2016）第152360号

书　　名：	情深未完成
出版发行：	当代世界出版社
地　　址：	北京市复兴路4号（100860）
网　　址：	http://www.worldpress.org.cn
编务电话：	（010）83908456
发行电话：	（010）83908409
	（010）83908455
	（010）83908377
	（010）83908423（邮购）
	（010）83908410（传真）
经　　销：	全国新华书店
印　　刷：	北京天宇万达印刷有限公司
开　　本：	710毫米×1000毫米　1/16
印　　张：	15
字　　数：	218千字
版　　次：	2016年8月第1版
印　　次：	2016年8月第1次
书　　号：	ISBN 978-7-5090-1122-5
定　　价：	38.00元

如发现印装质量问题，请与承印厂联系调换。
版权所有，翻印必究；未经许可，不得转载！

谨以此书，献给那些破碎虚空的爱情和一去不回的年轻岁月。

目录 CONTENTS

前　言　/ 001
自　序　/ 003

- *01*　堕落年华　/ 001
- *02*　伊人现身　/ 003
- *03*　大时代，寻找我微小的幸福　/ 012
- *04*　洛神赋　/ 016
- *05*　美女如流云，我心似凡尘　/ 019
- *06*　隔云相望　/ 025
- *07*　非分之想　/ 035
- *08*　是敌是友　/ 039
- *09*　为爱痴狂　/ 042

目录 CONT

- *10* 远离这座城市　/ 048
- *11* 两情若是久长时　/ 051
- *12* 舌战群儒　/ 054
- *13* 爱，难以十全十美　/ 058
- *14* 边城·生日·万物生　/ 064
- *15* 仇恨　/ 071
- *16* 尾生之约　/ 074
- *17* 虚拟现实化　/ 077
- *18* 胭脂红，竹叶青　/ 082
- *19* 漫漫长夜　/ 087
- *20* 简单的幸福　/ 092
- *21* 奋斗的心　/ 096
- *22* 棋局·对弈　/ 100
- *23* 清水出芙蓉，丽质难遮掩　/ 105
- *24* 离别的车站　/ 112
- *25* 堕落，赌局　/ 118
- *26* 意外的决定　/ 123
- *27* 远行，为伊人　/ 131
- *28* 她的抉择　/ 136

- 29 携手同行 / 140
- 30 在一起的日子（一） / 145
- 31 在一起的日子（二） / 149
- 32 面对新生活 / 159
- 33 找工作 / 162
- 34 情敌相见 / 169
- 35 不为此岸只为彼岸 / 176
- 36 无言之痛 / 180
- 37 她永远是一道靓丽的风景 / 183
- 38 若即若离，风雨飘摇 / 187
- 39 二十万，我嫁你 / 192
- 40 招生记 / 196
- 41 千山烟雨，暮雪苍茫 / 205
- 42 春城何处在飞花 / 208
- 43 挽留，最后的时光 / 211
- 44 曲终人已散 / 216
- 45 别了，北京恋人 / 220

后记 / 225

前　言

　　我心中有猛虎在细嗅蔷薇。

　　　　　　　　　　　　——（英）西格里夫.萨松

　　当一个人安静或落寞的时候，记忆的闸门瞬间打开，总会想起曾经的很多人和事。在郁积了很久之后，某一天我忽然很想把这段亲身经历的往事写出来。于是，那些沉淀的记忆便逐渐挥发出来，都在指顾间散作缤纷的花雨。

　　奔波劳做的光与影，大千世界的芸芸众生相，反复交错地在我脑海中浮现，除了叙写情爱，也根据我的切身经历抒写了我个人对于社会以及生活的一些认知，迷惘青年在纷繁复杂的社会之中，如何立足生存？小投资者在商场的熔炉中摸爬滚打，被锤炼得皮焦肉烂；形形色色的社会人群，诸色众生，都在社会的大潮之中挣扎沉浮，各有悲欢，众生不易。

　　随后我将故事发表到了天涯社区，有幸得到广大读者朋友的追捧和支持，以及天涯社区的鼎力推荐，有人说是现代版的《洛神赋》、天涯版的《北京爱情故事》，引发了广泛关注，尤其是关于网恋、情爱和生活的探讨，不少读者告诉我，他们也曾经历过网恋，经历过刻骨铭心的情感，也曾在年轻时为了爱而执著奔走过，也曾为了生活而奔波劳碌，看尽人世心酸冷暖，所以我认为，这部小说是当今社会极为真实的一个写照，它能体现一代青年人的心声，或许，我们总会在其中找到属于自己似曾相识的影子和记忆。

"人世几回伤往事，山形依旧枕寒流。"也许这是一个莫大的讽刺和反差，但是，虽然这段恋情从此结束了，我和她也天各一方，再无交集，哪怕成为南来北往的过客和陌路人，可我相信从前经历过的每一刻，都是真的，没有半点虚假和欺骗。不论结局如何，我们仍旧拥有那一段曾经真实发生过的美好记忆。我也依然坚定地认为，它并没有否定和推翻爱情，我愈发地认为在这世上有真正神圣纯洁的爱情，类似电影《泰坦尼克号》里为爱可以牺牲自我的人真的存在，会有把爱情看得比一切都高的人，它并不是一个遥远的童话或是痴人的梦呓。我更加坚定地相信爱，相信世间的有情有义，同时向所有为爱勇敢的人致敬。

人类当前处在情感文明的时代，情感文明是人类社会所特有的文明，情感也是人类永恒不灭的主题。有人说，爱情是我们活在这个世界上的唯一理由。我虽然未必完全赞同，但情之于人，就好像是灵魂之于肉体，没有了灵魂，人只不过是一具行尸走肉。

几年过去了，岁月和风尘改变了很多，很多东西我们得到了又失去，而我的青春岁月也一去再不回，但这些年的感受和经历，一些有意无意间涌出的思绪撩醒了我那久蛰的性灵，英国诗人西格里夫·萨松的一句经典不朽的诗句我很喜欢，也深有同感——我心中有猛虎在细嗅蔷薇。

至刚与至柔，强烈的反差感和错落感，也许残酷而又现实，浪漫而又悲观。年轮和时钟从不停止，而我想沿着这条灰色的轨迹寻找我所失去或者向往的东西，找到那朵心中的蔷薇。

最后，感谢诸多读者和朋友的支持，也愿每一个人，都找到自己心中的那一朵蔷薇。

自　序

长久以来，我一直在酝酿，想写点什么，纪念那段轰轰烈烈的奇幻爱情。

我与她相遇于网络，一个在彩云之南，一个在紫禁之巅，一个是看不到任何希望的堕落青年，一个是遭遇生活痛苦的失意女子，历经千回百转，从虚拟和梦幻走向了现实，从不可能走向了可能,从陌路走向了相守。这几千公里的遥远路途，不知辗转了几回，时而北京，时而云南……我这眼角的泪水，不知又落了几回，"曾经沧海难为水，除却巫山不是云。"这段跨越地域天堑的倾城之恋，几乎倾注了我的所有，所有的感情，所有的眼泪，所有的梦与希冀，可最终还是逃不过命运的藩篱，彼此天各一方，再无交集。想起在此之前与她所经历的种种，而此刻又孤独地仰望着星空，内心无限失落，纷乱复杂，恍若梦幻隔世，最终我又回到了原点，也许与她的相识，只是上天对我的一场馈赠或者惩罚，而如今，上天再次收回一切，我的世界重归寂寥。今夜，当我孤独地面对着冰冷的网络，再一次默默地想起这段风花雪月的往事，不禁泪落如雨，轻轻击打着键盘，我只是想把这个故事写出来……

青春已不在,它像一个梦,来了,走了,聚了,散了……

它像一条河,在不知不觉间,就那样悄无声息地流逝了,想想有些无言的悲伤和猝不及防的恐慌。二十几年的岁月,恍若弹指一挥,就这么轻飘飘地消散了,远去了。

这世界上唯有一样东西可以只增补减,不劳而获,那就是年龄。年龄随着时间的推移而渐次增长,而在这逐增的年龄里,我又得到了什么?我又失去了什么?二十几年过去了,生命中有过太多的沉重和欢颜,但那个人和那段往事,我始终无法忘却。

2010,七夕。

时间很快走到七夕,但这个牛郎织女鹊桥相会的日子,我却孤身一人站在西苑立交桥的桥边。我曾在边城一直憧憬很久,想赶在七夕之前早些回来和她一起度过,但幸福永远都那么吝啬,而痛苦却漫无边际,有些人和事,在你还没有来得及告别的时候,她就已经消失永不再。那天,我写了一篇日记——

今天是七夕情人节,昆明的雨一直在下,淅淅沥沥地下个不停。撑着伞,我独自一个人走在雨中,感觉很心痛——她已经走了,也许,永远离开我了。这座熟悉的城市,再没有那个人在了,她没有在家里,没有在工作的地方,没有在我面前蹦蹦跳跳。她也再不会和我吵架,再不会噘着嘴巴装可爱给我看,再不会拽着我的手一路小跑,再不会嘻嘻哈哈地叫我"大脸猫"了……

有些想哭……一切发生得那么突然。

那个曾经深爱我,为我付出那么多,历经千辛万苦才相聚的人,现在却对我没感情,甚至是绝情了。

一时间,我真有些茫然不知所措。

残酷的现实让我有些难以置信……

看着那些曾经的照片,那熟悉的面孔,还有一起生活过的屋子,到处都有她的影子……一切都像是做梦一样，不觉间，我有些潸然泪下。

也许以后的某天，她就成了别人的老婆，别人孩子的妈。

……

想想有些无语。

雨水还在洒落，风吹着雨水，湿了我的脸，有一滴泪，落在无人知晓的背后。

没有人知道我心中的痛有多深。

雨水和泪水，我有些分不清楚了，"男儿有泪不轻弹，只是未到伤心处。"

觉得有些遗憾和不甘，以前自己有很多缺点，有时啰唆重复，不懂事，原本打算这次回来之后好好改正这些缺点，但不想却物是人非。该展现的尚未展现，该失去的早已失去。

唉，叹息一声，上苍无情，天意弄人。

微斯人，吾谁与归？

世界在庞大的雨水里变得安静，变得孤单，变得寂寞，变成了一个让人悲伤的星球。

2010年七夕的那天，我写了这么一篇随笔，当时内心无限萧瑟，一个人撑着雨伞走到西苑立交桥边，雨水滴滴答答地从伞檐下如断珠般滑落，在我眼里，滴落的不是雨水，而是泪水，心若碎了，似乎看什么都是破碎的。

雨水茫茫无际，远处西山隐隐……

生活真像是一出满布着荒诞色彩的戏剧。

还记得就在不久前，就在这桥边，在春天那纷飞的细雨中，我们还撑着伞在雨中踏青，有说有笑，相依相偎，无限的浪漫，无比的欢愉。

而此时，在我孤独的伞下，只有孤独的自己。

那一刻，我才真正体会到了什么是物是人非的悲凉；那一时，我才深切感受到了什么叫做刻骨铭心的伤痛。

常常在睡梦中被惊醒，醒来的时候枕边空无一人，在深夜的无边漆黑里，万象死寂，忧伤犹如一朵盛开在午夜的魔兰，渐次展开和加剧。我有种无法释怀的纠结和压抑，我知道，我又想起她了。也许这一生，这一世，就这么擦肩而过了，如梦似幻刻骨铭心的曾经，此时却仿佛注定了这一世的隔离。

缘何，让我结下这一段尘缘？

我努力地睁大了双眼，但却仍然看不清这个世界。

……

01

堕落年华

　　那年我 20 岁，正值青春年少，还在上大学。时光匆匆，青春流逝，我的内心时常浮现出一种英雄末路的悲凉、哀怨和迷惘。我在学校跟新认识的同学相处得并不很好，开学不久就跟同班因为一点小事起了争执而大打出手，又因为自己内向的性格便显得与周围格格不入，彷徨得像是《雨巷》中那个结着丁香般愁怨的女子。

　　说实话，我的大学生活并未让我觉得有多快乐和多姿多彩，我原本也是一个学习成绩优异的学生，但最终的考试成绩却并不理想，也没有考入理想的大学。我到这所学校已经一年多了，这一年的时间是怎么度过的，有时候连自己都不知道，在这里除了让我觉得失望和郁闷之外，再无其他。因为性格使然，导致与周围格格不入，而跟同学打架之后，让我更加孤僻内向，显得离群索居。

　　虚度年华，浪费光阴，自甘堕落……用这许多颓废的言辞来形容我并不为过，我每天的生活通常是睁开眼睛，然后恍惚一天，之后又闭上眼睛睡觉。虽值风华正茂之年，我却掩盖不住老气横秋之气。这就是我的大学，让我觉得逐渐自我迷失，甚至感觉自己就快沦落为一个不折不扣的垃圾。可不久前，我还满腹理想，踌躇满志，睥睨天下。然而命运蹉跎，终究不能遂愿，此刻的身影，如孤鸿般被遗弃在这座边城。边城的烟雨如丝，浮起我满心的愁怨，那时候我偶然再看《临江仙》中的词——"是非成败转头空，青山依旧在，几度夕阳红"，竟然也生出些许荒谬的感受。

但我仍在寻求一种精神上的慰藉和寄托，纵使我过着犹如寄生虫般的生活，却仍有灵魂和思想，尽管它已经生锈发霉。

过了不多久，我找到了这个寄托，那就是网络。

网络是个好东西，Internet 的出现的确带来一场革命，革了几千年的命，犹如一个神话，让很多不可能变得皆有可能。它对我这种麻痹堕落的边缘青年简直是一种雪中送炭的救赎。

现实太郁闷，彷徨迷惑而又找不到自己心中坐标的时候，我总会一头雾水地沉醉于网络的虚幻之中，且不说网络能抚慰我受伤的心，至少沉醉于游戏能让我暂时忘却了痛。

每天 24 小时除了上课看书之外，我几乎把所有的时间都耗在了网络上，不得不说，像我这样的青年，为中国网吧业和计算机行业做出了不可磨灭的贡献，每周我都会毫不犹豫地把三分之二的生活费贡献给附近的网吧。

后来，我觉得自己也许不应该再堕落下去，在看到网络上那众多网络小说、诗歌、散文后，一种灵感触动了我年少时的作家梦，也许我也可以写写网文，弄不好就成了一个中国的托尔斯泰，心里这样妄想，聊以自慰。

那一刻，我忽然觉得灵魂附体，精神陡然振作，仿佛遗失多年的梦幻仍旧还在。

孟子曰：天将降大任于斯人也，必先苦其心志，劳其筋骨，饿其体肤，空乏其身，行拂乱其所为，所以动心忍性，增益其所不能。

唯爱寂寞，享受孤独，方能成功！

想我如此怀才不遇，壮志难酬，也许这是上天对我的考验，想想那些个被生活逼疯了的诗人文人，我感觉自己就是他们的翻版和附体，于是心情顿感通畅，提笔大作，开始了网络写手的生涯。

02

伊人现身

也许正因为如此的落寞，思想的灵光和火花反复交错地出现在我的脑海之中，在最初开始文学创作的几个月里，写作成了支撑我的一个梦想，于是我提起笔，写了一首又一首反映内心悲怆、理想破灭，外加现实绝望的诗歌。这些诗歌发表到网络上，引来一些点评，不乏支持赞赏，这使我相信真情实感远比无病呻吟要有感染力。无聊而又平庸的日子里，尽管发表这些诗歌散文赚不到一分钱，但在精神上让我失落的内心得到了些许的安慰，对文学的壮志理想再次被激发。也许，不久的将来，下一个诗人作家就是我。

网络的优越性就在于速度，不久，还真的有人加了我的QQ号码。QQ登录时，胖企鹅的咳嗽声对我而言绝对是一个划时代的美妙音符，因为在那声音背后，是一个美女加了我，我承认这几乎是中彩票的概率，但它确实发生了。

我正在虚拟的游戏世界中厮杀得畅快淋漓，被这叽叽喳喳的声音给吵到了，心里直想爆粗口。

我退出游戏，想看看是哪个家伙这样败我兴致。

原来是一个刚加我的陌生人，我随手点击了"同意"。

"还在写诗？"加我的人网名叫做"流风回雪"，感觉很美的名字，我知道这个词应出自《洛神赋》。

"你是谁？"我问。

"呵呵，你的读者。"她回。

"晕，我哪有什么读者？别拿我说笑了。"我心里暗骂，不知是哪个家伙拿我寻开心，对于我们这些普通的草根写手，有人夸你写得如何棒啊，是大作家什么的，通常都会觉得不好意思。这年头，不出名的写手又老在搞文学，会给人一种不务正业，癞蛤蟆想吃天鹅肉的感觉。

"真的，你干吗不信？我无意浏览网页看见一首你写的诗歌，觉得写得很好，看见你还留 QQ 号了，于是就加你了。"

"哦，真的吗？"

"真的，想跟你探讨一些诗歌呢。"

"原来是这样。那你还是我的第一个读者呢，我就是个无名小作者，写着玩儿哩。"

"谁又会一生下来就有名呢？不都是从无名开始，逐渐有名的吗？"

"嗯。"我应和一声，随手点击她空间看看资料。

原来是个和我同龄的女孩。

"你的诗歌都很有意境，但似乎也都透露着淡淡的忧伤，是我喜欢的意境，跟我说说你是怎么写诗歌的吧！"她发信息说。

"哦,其实……其实也没什么可说的。"我在网吧上网没吃饭，便要了一盒泡面，吸了一口想想道："兴趣，我也对文学和诗歌特别感兴趣，还有就是想象力和创造力！"

"哦，呵呵，你的确很有想象力和创造力，我很喜欢你那种风格的诗歌，只不过自己不会写罢了！"

"你别谦虚，诗歌是一种美好的载体，用于表达人内心深处的认知和感受，你也可以的，其实每一个人都可以成为诗人！"

"呵呵！"她笑了。

"你是北京的？"我问。

"嗯。"

"哦，紫禁之巅啊，祖国的首都，人人向往的地方啊！"

"云南不也挺好的吗？不也是人人向往的地方吗？彩云之南，归去的地方！"她笑着调侃我。

"好啊，都是祖国的大好河山，美丽的云南欢迎你有空来玩！"我说。

"彼此彼此，繁华的首都北京也欢迎你！"她说。

"呵呵。"我随手打开她空间，想去看看是个什么样的女孩。

当我进那空间看到她照片的时候，瞬间石化，彻底震撼了。我就像看到了天上的仙女，梦中的女神，当时那相册中的不少照片至今我仍然记忆犹新。

照片中的女孩子二十岁左右，正值曼妙年华，她长发飘逸，肤如凝脂，标准的瓜子小脸，樱桃小口，颇有古诗所描写的江南小桥流水人家的小家碧玉风范。其中有一张，只见她戴着一串项链，胸前闪闪发光，嘴角扬起一抹浅浅的狡黠微笑，愈发显得妩媚和神秘；还有一张，她站在一辆大洋摩托车的旁边，手里拿着头盔，一副巾帼不让须眉的赛车手风范，这又让我觉得她大气磅礴，英姿飒爽。看完她相册中的照片，我忽然有了一种奇怪的感觉，那就是我要得到这个女孩子，尽管这种感觉让我觉得很荒唐，却不可遏制，因为我感觉，我遇到了梦中女神。我应该怎样形容她的美？她的网名叫做"流风回雪"，也许真的可以用曹植的《洛神赋》形容她的风华绝代。

回过神来，我立即给她的QQ发信息。

我复制了一张她的照片到QQ发送栏，并附注问："美女，请问这是你本人吗？"

毕竟这年头冒牌货不少，男扮女装的比比皆是，用别人照片说是自己的人那就更多了去了。

过了几秒钟,她回复:"是的。"

我的心中有微微的兴奋。我所在的大学地处偏远,气温炎热,犹如蒸笼,不少女孩子的皮肤都被烈阳无情地晒成了古铜色,而这让我想找一个皮肤白皙、身材曼妙婀娜的美女几乎成了幻想。行走在边城的道路上到处搜寻美女,溜达了半年都没发现梦中女神的踪迹。而当我看见这个照片中的女孩的时候,忽然就一下子心动了。接下来我有点不知说什么,想想还是从共同兴趣爱好入手,于是问她:"美女,那你看过我哪首诗歌啊?"

"那首叫《背后》的诗歌,感觉挺好,很有意境!"

"哦。"说着我又把那首诗歌原文发给她看。

背后
闭上眼睛,
不知路在何方?
这浑身的创痛,
像寒风吹着冷雨,
我带着伤痛顶着风雨在前行,
别的都是沿着一个理解的大道顺道而下,
而我没有理解,
独自站在静寂的空谷,
却只听到四壁的回声,
但我依然还戴着一个面具,
为了立足于世我要学会伪装,
当午夜的钟声响起时,
才又撕下了那曾伪装的面具,
在幽蓝深静中回归自我。
像是一只修行千年的狐,

却一直没有修成正果。

站在太阳的光芒上，

内心却没有明媚的色彩。

情义和愿望，

我该怎样偿还？

而在最后的最后，

又该换来怎样的救赎？

风吹着雨水，湿了我的脸，

有一滴泪，

落在无人知晓的背后。

我和尘世隔了一道门！

"是这首吗？"我问。

"对。"

"为什么对这首诗歌印象深刻？"我问。

"因为我们都是孤独的刺猬，外表坚强不可靠近，但内心却无比脆弱，唯有自己，在夜深人静的时候，才能独自舔舐伤口，在没有人的夜晚，才能默默留下伤心的眼泪。你写出了我的心声。"她回答。

"看来你读懂了我的诗歌、我的内心，谢谢你！然而写诗的都是疯子，搞文学的都是傻子，生活让我迷离，诗歌让我疯狂。"我说，"现实是一个无边的苦海，我只想逃离这世间的苦难，有一片属于自己的宁静天空。"

"我也好想逃离，逃离悲伤，逃离绝望，逃离，这座城市。"她说。

我本来想问为什么，可是感觉有些东西没有必要在第一次聊天时就刨根问底，更何况在这大千世界无限苦海之中，多得是落寞无奈，辛酸痛楚，一切，尽在不言中了。

"只要有信念，就有彼岸。"我忽然说出了一句貌似很有哲理的话。

"可是我却感觉找不到彼岸，生活一片茫然，像是失去了方向。"停顿了约半分钟，她又发来了信息。

"人生就像漂泊大海的孤舟，也许很多时候都会拉起迷茫的大雾，但是，只要你把握好那艘人生航船的船舵，它就永远不会迷失方向。"我点燃一根烟，忽然来了灵感，心想为了留给这美女好印象，尽量说话聊天显示出水平来，让她对我刮目相看。

"呵呵，你很有才。"美女夸我，"不愧是写诗的文人，说话都蛮有水平的。"

我的心里顿时兴奋不已："谢谢。能得到你的夸奖，是我这几个月以来最开心的事情。"

她回复了个惊讶符号，问我："你至于吗？"

我说："美女，真的，我向来不想掩饰自己真实的想法，我觉得活着就是要表达真实的自我。虚伪和谎言，那些东西没意思。"

"哦，看来你还是一个比较成熟的人。"

"我不成熟，成熟只是一种世俗眼界的规则。我只要真实地表达自我，所以不屑那种规则。"我又抽了一口烟，感觉今晚灵感不断。

"有点意思。"她又打来了一个微笑的笑脸，"对了，冒昧问一下，你是干什么的？多大了？好似有很多的生活阅历。"

"如果你的注册资料没错的话，那我应该和你同龄。"我说。

"87年，兔子？"

"嗯。"

"你是八月十八？"她又问。

"是的。"

"难道我们同年同月同日生？"她问。

"怎么，你也是这一天出生的？"

"是啊！"

"额，天下竟有这样的巧事？"我问。

"我也觉得好巧，不过我虽然是十八日，但却不和你同年，我比你还大一点。"她说。

我说："那你骗我吗？资料不准确。"

"我？没有啊，注册时候填错了而已，这不告诉你了吗？"她说。

"呵呵。"

"呵呵。"

"不过这也是缘分。"我说，"相识是缘分，无意间认识一个与自己同月同日生的女孩子，那就更是缘分了。"

她笑。

"你是学生吗？"她接着问我。

"是啊。"

"哦，那祝你早点成为著名诗人和作家。"

我再次感谢，并且违心地说："富贵名利，于我如浮云，真正的诗人作家，是不会在乎那些所谓的名利的。"

说完这话我就脸红了，这可真是打肿脸充胖子啊！呵呵，但是为了树立起我在她心中的高大形象，我就虚伪无耻一次吧。

"那你呢？可以自我介绍一下吗？"我问。

"流风回雪，你就叫我'雪'。"她说。

"你上的什么学校啊？"

"以前上的艺术学院，现在毕业了。"她回答得很随意。

"那你现在从事艺术行业？"

"没有，家里在经商，我在帮家里做事。"

我正准备继续发表高谈阔论时，她忽然说："不好意思，今天就先到这里吧，我有事情，得下了。"

我瞪着眼睛对着QQ对话框发呆，心里郁闷："怎么就下了？"但随即还是礼貌地回应："嗯，好的，祝你天天有个好心情，生活有风有雨，但需要看得开一些，自然就活得洒脱一些。"

"谢谢。"

……

那夜,我觉得心情忽然舒畅,就连星空感觉都格外璀璨。从网吧回学校的路上,我一路哼着小曲儿,脚步轻盈。

……

又一天过去了,再次看到她在线。之前又到她空间看她照片,在百无聊赖的时光中聊以自慰。

"你真美,美得令人窒息!"

"是吗?你只看外表?"

"外表与内在都看!"

"你很贪婪,鱼与熊掌不可兼得,你却还要两全其美。倘使真有那样的女子,你能驾驭?"

"我会尽心与她沟通,但不是驾驭,而是身心合一,心与心的对等交流。"

"你认为会有那样的女子吗?"

"有!"

"谁?"

"你!"

"呵呵!"

"呵呵!"

短暂的沉默!

"我猜你的生活过得很顺,所以才能保持这样旺盛的自信和斗志?"

"不,恰恰相反,我的生活犹如黑暗的地堡,我没有考上理想的学校,我的家庭贫困如洗,我的理想一再破灭,我年纪轻轻,但却经历着这世间的悲剧!"

"那为什么你还能这样的乐观和自信?"

"信念源于心,人活着就要像大树,纵使根扎在黑暗无边的泥泞之中,也要冲出泥泞,迎向太阳,所以就算在最幽暗昏惑的逆境中,我也深信我是超人,能御八面来风；我是闪电，终要照彻人间大地！"我说出了与自己当时性格截然相反的话，在我的床头摆放着一本尼采的著作，可是自从进入边城之后，我再也不忍心去读那些强悍的文字。此刻，我近乎本能地大放厥词，只为博取她的好感。

当然，这样的方式未必都能获取别人的好感，因为人都有抵御心理，这也有可能让她觉得我过于自负虚浮，但我当时也没有想那么多。

"有个性！很崇拜尼采？"她居然貌似赞赏地问我。

"不，我只崇拜太阳，光热无穷！"

"每个人都有悲剧，每个人都是悲剧！"她说。

"为什么？"我问。

"因为每个人都会死，死亡就是一个彻底的悲剧！"

"不，死亡是胜利，是自然法则的胜利，活过七十年，我就觉得够了，周而复始，万物生发，石头万古不动，但却了无生趣！"

"呵呵！"

"呵呵！"

"我只是苦笑！其实并不开心！"她说，"生活像一个无底洞，或许我比你更悲剧！"

"？"

"唉！"她感叹。

"如果可以，你可以把我当做一个虚拟的真实存在，向我倾诉，我愿意聆听你的忧伤，与你同悲喜！而且你不用担心这会对你的正常生活造成任何波澜起伏。"

"为什么？"

"说不上来为什么，有时候人与人之间不需要那么多'为什么'，如果非要给出一个原因，那就是，我看见你就觉得很舒服，就像……看见清新的自然，让我联想到高山流水，联想到一种纯粹的无邪之美！哪怕隔着虚拟的网络，只和你说说话，我也会觉得犹如清风拂面！"

……

03

大时代，寻找我微小的幸福

月色溶溶，我独自坐在滇西边城草坪旁的棕榈树下，萤火虫在夜色下漫天飞舞，我第一次感觉到边城也有美丽。美丽，原来是源自于心境。我望着天上那轮皎洁的月亮暗自傻笑。因为我感觉自己遇上了梦中的女神，尽管是在网上，尽管也许那并不现实，但仍然阻挡不了我那份落寞中的欢呼雀跃。

现实太落寞，太残忍，人与人之间，孤独，隔膜，形同陌路，在这个纷繁复杂的大时代里，我已不指望剑破天下高手寂寞，亦不企及权倾朝野，那些都已经逐渐变得渺茫空泛，且不合实际，我只希望寻找到属于我的那一片微小的幸福，在这个大千世界里，我只想找到一个人，和我心心相印，相依相偎，不离不弃。

不知缘何，自从遇到她之后，在感觉无望的苦海中，我仿佛像是抓住了一根救命稻草。每天可以看看她的美丽照片，想办法和她多交流交流，觉得生活似乎就有了那么一点新意和希望。虽然现实的抱怨和落寞仍然困惑我心，但我懒得去纠结那些让我痛苦的事情，我每天最期盼的时刻就是课余上网和她聊天，有时候上计算机课一登录QQ就想看看她有没有在线，哪怕心情再落寞，只要看到那个闪动的QQ头像在线，我的内心就会在瞬间感到有希望，有温暖。

在接下来的几天里，我更加乐此不疲地投身网络大潮之中。斗地主、玩魔兽，统统去死吧！我对那些游戏已经失去了兴趣，因为，我找到了远比游戏更具有吸引力的高级东西，那就是和理想的梦中情人聊天。为了能吸引这个美丽动人的女孩，我可是煞费苦心，原本写诗作文凭的只是一种感觉，全然说不上多少技巧，但她老问我如何写诗写文，为了和她侃侃而谈，彰显我的才华出众，我硬是钻研了好几本诗文评论集，终于用我的妙语连珠引起了她的极大关注。

我不知道这样是否有些幼稚或者变态，但我确实感到，在彼时那段百无聊赖的生活中，因为有了一个中意的她的出现，而变得不再那么落寞和难熬。

每天因有了期盼，生命便不再像一池死水！

伴随着聊天的深入，我逐渐对她产生了更为浓厚的兴趣，真的有了想去追求这位美女的冲动，尽管我知道这是多么的不现实。我每天再忙都会抽出一点时间，去看看她有没有在线，想去和她交流几句，或畅谈文学艺术、人生理想；或倾诉世事如霜，红尘悲苦，但我除了知道她的真名叫做"洛雪"以外，其他的信息她却始终不愿透露。

凭借我的真诚和百折不挠与她聊天的精神，我感受到她已经对我有了些许的信任，并乐意与我交流。只不过，一个月断断续续的聊天交流过去了，仍旧没有什么突破。但我不心急，不是说心急吃不了热豆腐吗？

只要功夫深，铁杵磨成针。本人已做好打"持久战"的准备。

城市的灯火渐次阑珊，又一个傍晚时分，我蜗居在网吧电脑室，双目炯炯有神，等待着伊人的现身。

但我足足等了半小时，却也不见她的踪影。

不是约好了晚上这个时候聊天吗？

我的心中有些困惑，考虑再三，拨打了她的电话号码。她已经告诉过我她的

情深未完成

号码。

我找了个无人的草坪，电话接通的一刹那，我有些许的紧张，甚至，都能听见自己心跳的声音。

电话已经接通了，可是那边却没有任何的声音。

"喂"了半天，都没什么反应，这让我直接怀疑电话线路是否有毛病。

终于，在我打算挂断电话的时候，那边响起了轻微的呜咽哭泣声。

我的心头一愣——什么情况？

没错，确实是她在哭——怎么会这样？

"喂，雪，你怎么了？"我关切地问。

电话的那边，呜咽声却更加幽咽凄凉了。

"说话，好吗？"我实在有些郁闷，不明白她为什么总在哭，但想起之前她和我聊天中透露出的落寞和悲伤，料想她必定是遭受了什么重大的打击，所以此刻，才会如此的幽咽，于是我接着道："只要你愿意和我说，无论你的痛苦抑或悲伤，我都愿意和你一起分享，一起分担，哪怕帮不了你，但在这个大千世界茫茫人海中，能够有一个知心知意的人倾听你的心声，不也很好吗？"

"风，其实我已经当你是好朋友了。"她说，"我在网上和你聊天说的话，在现实里我都不曾跟任何人说。"（我的网名叫"天地劲风"）。

听她这么一说，我更加觉得心里温暖了。料想这些天的期待和思念，终究没有白费。

"谢谢你把我当朋友，和我说那些不和别人说的话，我很开心。只要你愿意，我会当你最忠实的听众。只是，今天晚上，你一直在哭，哭得我都心疼了，你怎么了？"

月明星稀，夜凉如水。

边城的夜色凝重，雪的语声幽咽，她在向我娓娓讲述着她的故事。

几年前，她原本有一个幸福美满的家庭，慈祥的母亲，关心她的父亲，相亲相敬的一家人其乐融融。她父亲原本只是一个很普通的商人，后来涉足京城的地产业，并由此发迹，现在在京城已经是个很成功的商人，旗下拥有众多产业。

"可是自从他有钱以后，我快乐无忧的时光，也就结束了。家里不再有祥和安逸，不再有一家人其乐融融。与之相伴的，是父母无休无止的争吵，父亲的摔门而出，母亲的悲凉哭泣。"

"为什么会这样？"

"争吵的原因有些难以启齿，我父亲找了一个新欢，只比我大两岁。"

"哦，原来是这样。"

"钱是个害人的东西，我宁愿父亲永远都只是一个普通的商人。"她语声悲凉道，"更让我心痛的是，现在他们吵着要离婚，已经不要这个家了，而我母亲，竟然不幸中风了。"

她一边说一边忍不住哭泣，我也听得倍感沉重。

世事如霜，总有许多的未知和无法预料，但是这样的遭遇，却让人感到意外，一个未经世事风霜的孩子，在面临这一系列变故之后，难免会遭到重创和打击。

"从此以后，我变得忧郁了，甚至感觉自己像是得了抑郁症，时常陷入无边的失落之中，就像没有底的深渊！"雪继续缓缓地说，"我甚至不再相信感情，哪怕友情、亲情，有时候，都是那么的不堪一击。"

听完她的话，我的心情也跟着变得无比沉重。我也有我的痛，每一个人都有每一个人的悲欢，但是相比起她的痛苦，我的痛也许要轻微得多，于是有感而发道："我知道，生活也许让你很痛苦，现实，有时候，是那么的残忍，渺小的我们，甚至于在面对突如其来的一些打击和重创面前，是那么的无能为力，只能眼睁睁地看着它们发生，但无论如何，我只希望，我们能够坚强，能够从容面对。别哭了。"

经过我言辞诚恳的一番劝慰之后，她终于停止了幽咽，并轻声道："谢谢你，风，给我安慰和鼓励。"

04

洛神赋

在边城读书的这些日子里，迷茫、失落、痛苦一路伴随着我。我时常有着沉醉不知归路的茫然无措感。岁月流逝，年华耗尽，看着即将散场的青春岁月，心底那种愧疚和痛苦，犹如一个时浓时淡的影子，追随在我的身后。

傍晚睡在床上，总感觉难以入寐，清晨醒来时，又觉得一切都很陌生，时常都会自问：我这是在哪里？

百无聊赖的空虚岁月里，也许总是需要一个精神的寄托，而最近雪的出现，填补了我心灵上的那方空缺。每当无聊的时候，我就拿起手机，给她发短信，打电话，约她上网聊天，并且乐此不疲。我们就像两条相依相偎的鱼儿，互相吐着泡沫，安慰着彼此受伤的心灵。时间和岁月也在不知不觉中飞快地流逝，漫长的日子，也不再那么难熬了。

有时候我在想，也许当时我们都只是在寻找一个精神上的寄托，也许她也是这样，因为迷茫和空虚，想找一个对象获得慰藉和支持，至于具体结果怎样，彼此都没有做太多的考虑。

当然，她照片中那靓丽的外貌和高雅的气质，无疑深深地吸引了我。

但直到目前为止，除了看照片，我仍旧没有一睹她的庐山真面目。

终于，经过我的多次邀请，一个周五，她同意和我视频聊天。

周五下午还有两节课，我下课后就一路狂奔到学校附近的网吧。

我找了个包间，把包间里的摄像头光线调了又调，直到满意为止，自我感觉形象还是不错的。

视频快要打开了，我有几分激动和紧张，怕她看见我会失望，更怕我看见她也会失望。

毕竟这年头，网络上大男人假扮美少女的不少，更别说恐龙妹在自己空间里弄几张美女照片假扮佳人，那更是多如牛毛了。

而我心中的美女雪，到底是怎样的一个人呢？是否真的就像她照片中的一样妩媚动人呢？

今天，谜底即将揭晓。

等待视频连接的时候，我擦亮了双眼，目光一动不动地盯着视频。我感觉空气都有些闷热，不知道自己为什么要这样紧张。

视频闪现出的那一个瞬间，我彻底震撼了。

我只感觉眼前豁然一亮，目光中仿佛有流光闪过。

一个宛若天仙的美少女带着几分浅笑闪现在我的面前，我仔细端详这张映照在视频里的脸颊，是一张清秀柔美的瓜子脸，修长的柳叶弯眉，染成栗色的如瀑长发很好地点缀其间，显得恰到好处，一双乌黑闪亮的大眼睛呼噜噜地转动，带着几分聪慧以及狡黠。

我应该怎样形容她？她的眉目含情脉脉，秀发青丝如缎，面色肤如凝脂。

我直呼，此为天人。昔日曹植曾经遇见过神女洛神，因之而作赋，极尽言辞描绘所见之旷世美貌。

"宛若游龙，翩若惊鸿；飘摇兮若流风之回雪，仿佛兮若轻云之蔽月。"

也许此时此地，此情此景，唯有借用子建的《洛神赋》，才能够描绘出我眼前女子的美丽吧。

我甚至有些怀疑自己的目光，但捏了自己一下，清晰地感到了痛感。

胖企鹅唧唧地叫了起来。

"呵呵，有没有让你失望？"

我睁大眼睛只顾呆呆地看。

"你怎么了？看你好像都不会动了，没事吧你？"

消息声打断了我的遐想，我忙回复："没事，只是你太美了，美得都快让我窒息了。"

美女发出娇笑，打字道："你别夸张了，至于嘛！"

"至于！我想你一定知道曹植有一篇很著名的《洛神赋》，极言他所爱之人的美丽。"

"知道，我也喜欢那首辞赋，所以取个网名就叫做流风回雪。"

呵呵，我投其所好，又接着道："宛若游龙，翩若惊鸿；飘摇兮若流风之回雪，仿佛兮若轻云之蔽月。在我看来，你也不逊色于传说中的洛神！洛神是美丽无比的女神，虽然我不知道她究竟有多美，但我想，她应该像你一样美丽，那才名副其实。"

"啊！？你太过誉了哦，我不敢当！"

"真的，在我心里你就这么美。犹如曹植在《洛神赋》中精心勾勒的洛神一般！"

"你太夸奖我了，都被你夸得不好意思了。"我看见她嘴角露出浅浅的笑，也许越是漂亮的女孩，越希望得到不一般的赞誉。

"我讲的都是心里话，没有半点虚伪。"

"好吧。谢谢你的夸奖，也要谢谢你，这段时间一直在陪我聊天，安慰我，鼓励我，其实最近我一直很郁闷。"她说。

"呵呵，不用谢，认识你真是我的荣幸。人家说网络无美女，不知道是哪个家伙说的，现在看来纯属无稽之谈。"

"怎么？"

"你的出现彻底打破了这个公论。"我说。

05

美女如流云，我心似凡尘

"呵呵，你老说我漂亮，可是漂亮又能怎样，又不能当饭吃，是不是美女又如何，也一样要面对生活。"她打字道。

"至少，我知道，珍惜你这个朋友。无论是通过怎样的渠道认识的，相识就是缘。"我想了想，始终觉得不能再将藏在心底的话这么憋下去，于是继续道："所以，雪，今天，我要向你说说我的心里话。"

"好啊！"她表情认真地听着。

"自从认识你，我的生活好像就变了，变得不一样了。"我说。

"怎么不一样了？"她问。

"有一种奇怪的感觉，我为你着迷，为你牵挂，为你魂牵梦萦，尽管知道距离遥远，千山万水。"我说，"自从你出现了，我觉得我的生命都增添了色彩和活力。"今天的我犹如子建遇神女，董永逢奇缘，心头早已雀跃不止，一下子忘记了文火炖汤式的追女大法，竟然提前做起了表白，不过在网上表白也有个好处，就是可以更大胆，可以让现实的侏儒成为大胆的巨人，并且不易被察觉，为此我非常感谢互联网。

她沉默地看着我，半分钟内没有任何回复。

面对这样的情形，我开始暗骂自己愚蠢，明知追女需要有耐心，就像钓鱼，太快了会把鱼儿吓跑。

我明知像这样的女子，身边肯定不乏大把的男人，虽然我没有看见，但可以想象有多少双觊觎的眼睛，玩不出点新花样或者太流俗又怎么能打动她？她会不会一下子把我也看成一个普通的闷骚型男子？会不会一下子就关了视频立即走人？然后成为彼此的过客？我的心头暗捏了一把汗。

我暗骂自己真是猪头，太急了。

我承认我没有多大的信心，在这个人才多如牛毛的时代，庸才注定没有出头之日。因为在我的内心，我已经不觉得自己是个人才了。

再说雪，她眨了眨眼睛，没有正面给我什么回答，而是岔开了话题。

"云南很美吗？"她问。

"很美。"我松了口气，看来还没想象得严重，我想了想回道，"几乎处处都是郁郁葱葱，群山苍茫，原生态的自然风光。"

我也承认自己是一个没有新意的人，都什么年代了还套用这种老掉牙的话逗女孩子。但我一时想不出更好的言辞，不过转念一想，也许她之前就没听过这些话。

"哦，我还没去过。"听了我的话，她貌似很是向往。

"那以后有机会过来看看，看看云南，看看我。"我说。

"好。"她的目光中流露着憧憬。

看着她那向往的目光，我调出了最近在边城照的一些照片，顺便发给她看。

"你看看，这就是边城风光。这里是云南的边境，还有亚热带的景观，大乘佛教的佛塔建筑。"我边发边解说道。

我见她目光炯炯地看着我发给她的照片，也许照片上的景色勾起了她的兴趣。

"怎么了？"见她沉默半晌不语，我问。

"哦，没有。"她笑道："我的心都飞到你那里去了。"

"呵呵。"我心里很是开心，看来，她真的对我、对云南充满了向往。

"那你做我的女朋友好吗？"我终于做出了决定，与其这样拖延下去，还不如索性冒险说出来，勇敢一试。

"这……"她的脸颊浮现出了一抹红晕，也许面对这突如其来的表达有些不知所措。

"你不用觉得为难，我只想表达出我的心声，让你知道我对你的一片真心，这就足够了，至于你会做出怎样的反应，哪怕你拒绝我，我都不会怪你。我只要你知道，远在西南的边城，有这样一个男子，为你倾慕，为你癫狂，为你朝思暮想，愿意为你赴汤蹈火，在所不惜。"我的目光真诚，我的言辞坚定。

沉默，还是沉默。

我感觉她在纠结，神情复杂。

我在静静地等候，安慰自己，在网上相遇表达，就算失败也算正常，何况这么远的距离，只要自己不说，不会有第三者知道。

可是我知道，我是用了心的，眼前这个女孩子，她真的吸引了我的灵魂。

那一刻，我的心就像寂静的空谷。

眼前，是一位有着倾城之貌的女子，我期盼着能够得到她的垂青。

也许是我的真诚真的感动了她，也许是两个同样寂寞的人只为打发走无聊的寂寞而已，她想了一会儿之后，竟然打字回复道："你很勇敢。"

我简直兴奋得快要跳起来了，我知道这回答虽然不置可否，但显然也不是讨厌排斥。看来有戏。

我怕她后悔，还继续道："那你同意了？"

她的嘴角扬起浅浅的微笑。

"我没说同意，不过我觉得你很诚恳，不像是骗人，可以多聊聊。"

我原本以为有戏了，想想都聊了三个月了，就算是现实中追女孩，三个月也差不多了吧。现在她这么一说，我顿时又觉得没戏了，脸色顿时就像被霜冻了的

情深未完成

秋茄子一样，心情有些沮丧。

不过想了想，越是有难度的，才越有意思，要是一下子就答应跟我好，那才不可思议呢。"革命尚未成功"，看来我还要做好继续奋斗的思想准备，直到把"牢底坐穿"。

从那天以后，我真的更加无微不至地去关注她，走近她，仔细看她的每一张照片、每一篇日志，以及和她有关的每一个信息，体察她的觉悟和心思，并坚持时不时地去她空间留言、发评论，尤其是每当得知她心情失落时，总是第一个打电话，发短信，写邮件给她，安慰她，鼓励她，说：无论你多么的失意，别人怎么看你，至少这个世界上有一个男子在真真切切地关注着你，他虽然距离你很遥远，但他的心，却无时不为你而跳动，他的情，无刻不为你而存在。

我深知网恋这种东西就像佛寺里的和尚坐禅一般，需要动静有致，错落有序，既要沉稳，又要把握火候，在她需要聆听时，就要当好听众的角色，在她彷徨无助时，就要扮演好成熟智者的角色。

渐渐地，她真的习惯了向我倾诉，她说在现实里不乏很多朋友和追求者，可是现实太难以揣测，朋友有时候可以瞬间变成敌人。是敌是友，有时候原本只是一线之隔。而我的出现，恰好可以填补她无处倾诉的空虚缺口，因为我们的距离是那么的遥远，在现实中接触不到，所以，她可以放心大胆地和我说一些她不愿向别人说的话。

草木绿了又枯，红花开了又谢。转眼间又是几个月的时间过去了，在这几个月里，我们的交流更多了，很多时候已经不局限于网络，已经开始转移到了现实之中，通常都是直接打电话，发短信。原本时不时闪烁着幽默色彩的我，更是经常能在她失意的时候把她逗得哈哈直笑。

我原只是想要追到她，至于追到之后又怎样我全然没有做过多地考虑，因为我也知道要想真正在一起也许并不现实。不过虽然从未谋面，但伴随着"坐禅"的深入，我不可思议地变得越来越认真了。我就像一个设下陷阱的愚蠢猎人，没有套住猎物，倒先把自己套进去了，难以自拔。俗话说"冰冻三尺，水滴石穿"，一天又一天的交流和倾诉也逐渐让我觉得这个虚拟人物逐渐变得清晰和真实，有时候，要是一天不和她说说话，我的心里就憋得慌。说不上来为什么，就觉得像是少了什么似的。

我还特地在那座民族特色浓厚的边城购买了不少的民族工艺品，全部邮寄给她，我知道，我已经越玩越真实了，这期间的感觉很复杂，有无限的期待，也有些许的害怕和迷惘。

她喜欢文学，喜欢诗歌，我虽然只是一个无名的小作者，就是一天随便发几首破诗在网络上聊以自慰。但在心里，我觉得我就是个作家，我以一种高深莫测的形象出现在她的面前，彰显自己不流俗的一面。为此，我还特意投稿到北方的一些文艺刊物，居然真的发表了几首诗，我连样刊都寄给她。

她喜欢看玄幻小说，尽管我不擅长，却学着去创作了好几万字的文字垃圾。

大一的那一年就这样走完了，专业课我几乎没怎么学，靠的就是以前的基础知识，除了泡妞和文学创作，我觉得了无生趣，没有太大的收获。我每天一具行尸走肉般混沌度日，只有想到正在追求一个美女，眼前才会闪现出些许缤纷的色彩。

我一心想要得到她，脑海里幻化着她的倩影，有些到了走火入魔的痴狂地步。我每天都会跟她聊天，似乎已成了一种习惯，甚至有一天不跟她联系，心里就会有种莫名的空虚，感觉像是没做该做的事情一样。初期，我只是出于一种对美的追求，时间久了我却发现已不知不觉地爱上了她，并且也能够感染到她。这也许就是"精诚所至，金石为开"吧。

隔着未知的那扇门，远涉千重万重山，我真的感觉虽然见不到她，但我们却无时无刻不在一起，甚至能感觉这个人一直都在我身边，和我牵着手走长街，过流年，度过每一天！

如果要说那是"追求"的话，我已整整追求了她一年。在这一年里，我无微不至地关怀她，呵护她，和她促膝谈心，用心交流。

终于，在苦苦坚持了一年之后的某一天，她忽然打电话过来，幽幽地对我说："风，我发现我爱上一个人了。"

"啊？！"我心头微微颤动，有些沮丧地猜测，不是吧，我一片良苦用心，到头来却全然是竹篮打水一场空。

正在这时候，她又说话了："啊什么啊？"

"没什么，那你可以告诉我你说的那个人是谁吗？"我尽量让自己平息下来。

"你。"她的回答只有一个字，坚决而又肯定。

"真的？"

"真的。"

……

06

隔云相望

  我在心中欢呼，一直以来心仪的美女，居然同意做我女朋友了。

  尽管我知道这年头，现实中的山盟海誓都未必管用，何况是网上的只言片语，但不论是真是假，我已经激动不已了。

  她竟然是我的女朋友了。我心花怒放，想了一下，忽然萌生了一个更有创意的想法。

  "雪，我有个想法。"

  "什么想法？你说。"她问。

  "我想我们今天就结婚吧。你做我老婆。"我不知哪里来的勇气，说出了这样的话。

  她大惊失色，问道："这怎么可能？"

  "只要你我愿意，这有什么不可能？"我说，"我们又何必拘泥于形式？情之所至，金石为开。"

"你很不一般，总是让人意想不到。"她想了一下，半开玩笑似的说："好啊！"

"那今天，就是我们结婚的日子，每年的6月26是我们的结婚纪念日。"我说。

那边的电话中，她呵呵地笑着回我说："好，每年的6月26，就是我们的结婚纪念日。"那时正值盛夏，酷热的伏暑天，边城炎热的高温，却没有烧退我内心的清凉，我的内心，吹起阵阵惬意的风。

我生怕她以为是开玩笑，郑重地说："雪，我是认真的。"

她稍微正色道："我知道。我也是认真的哦！"

"那就好，以后你就是我老婆了。"我心满意足道。

"知道了，老公。"她略带调侃地回了我一句。

她的声音充满妩媚和柔情，令我浑身酥麻，心都快要融化了。

接着，她又半开玩笑道："我朋友知道我谈网恋，说要杀了我。"

"那你先让他来杀我吧。"

说完，连自己都笑了。

……

那天夜里，我睡得很是香甜。那夜我做了一个梦，梦中，美丽的洛神，缥缈出深山，光艳照大地。

有人说：在人的一生之中，会走很多的路，但关键的路却只有那么几步。走错了，也许就满盘皆输。而我就是那个走错关键路的人。从小学起，我一直努力学习，勤奋上进，成绩优异，也曾是众学生学习的标兵榜样，但是到了最后，却并没有考上理想的大学。

曾经理想比天高的青年，现在却变成了一个找不到前程，内心一片茫然失落的人，我时常都对生活充满了抱怨，可以说，我的世界一片狼藉。

除了混个文凭，我不知道读大学所为何来。

我和雪讲述我的心事、我的痛苦、我的忧郁和烦恼。

因为远在天边，我更觉得可以畅所欲言，无话不谈。

"你不应该这样堕落，你现在才读大二，应该振作起来，结果已经这样了，哪怕是灾难，既然已经成为事实无法更改，那我们就学会接受它，并且要寻找新的转机和突破口。"听了我的哀怨之后，她语重心长地对我说，"至少你现在还有读书和学习的机会，就应该珍惜。你不是喜欢写文章吗？这也是理想啊，无论能不能写出点名堂，至少还有梦想。你不是学英语吗？如果，你能过了八级，无论毕业于什么学校，我觉得都很了不起哦！信念不灭，梦想不死。"

听了她的话，我灰暗的世界中顿时升腾起一种奋斗的欲望，蛰伏在内心的斗志，再一次被唤醒。她说得对——信念不灭，梦想不死。

"我会努力学习，好好考试。"我说。

"呵呵，你就当是为了我，为了我们以后的生活而奋斗吧！"电话那边，她声音甜美地说出了这句话。

我顿时有些愣，随即顿悟，内心洋溢着一种温暖和喜悦，同时也油然而生一份责任和动力。

"也许哪一天，我就来找你了。"接着，她柔柔地说。

"真的吗？"我顿时喜出望外，这正是我梦寐以求的。

"那就要看你对我好不好了？"她调皮地说。

"山无棱，江水为竭，冬雷阵阵，夏雨雪，天地合，乃敢与君绝。"我回道。

她笑了，但接着是许久的沉默。

随后，她问了我一个问题："也许我们只是自欺，你真的觉得这现实吗？"

我愣了一会儿，原来她仍在犹豫和狐疑。

"没有什么无法现实的，也与欺骗无关，一切，皆在于你的心。"我想了一会儿，接着又说，"有一个故事。时有风吹帆动，一僧曰风动，一僧曰帆动，高僧曰，仁者心动。"

"你要借这个典故表达什么意思？"她问我。

"就是你的心里如果真的有我，真的有这么一段情，有这么一个人，现实是无法阻挡我们的。因为，我就在你的心里。"这话说得故作高深，其实我当时就是想到哪扯到哪，完全瞎掰，连自己都不知道有没有扯到点子上。

但她却似乎听得煞有介事，沉默了一会儿，随后撒娇道："那你不许对不起我哦！"

"当然。"我爽朗地答道，内心大喜，看来终于解除了她心底最牢固的那道防线。

人是一种奇怪的动物，精神和信念一旦有了目标，生活便有了动力和源泉。以往身在这座孤独的边城，总有一种陌路英雄的苍凉和悲壮。对人对事，总是充满了抱怨，生活于我也总是灰的。

而此刻，我的内心升腾起了无限的斗志和希望，行走于平时一直感觉残败落魄的学校，也感到心旷神怡。棕榈树长得郁郁葱葱，校园虽空旷，但却也开阔。心境变了，看事物的角度似乎也变了。

曾经，生活犹如一个失落的无底洞，我看不到洞顶的一线天光，如今，我找到了希望和信仰，看到了幸福之光，尽管，它还有些遥远。

"我要努力学习，掌握生存的技能，以后和她幸福地生活在一起。"一句誓言响彻我心。

在有了这个奋斗的意识之后，我的生活观念陡然改变，有一段日子，我真的用心学习，认真看书考试，期间还考了几个证书。

每一天，我们都会将微小的幸福和喜悦，悲伤抑或痛苦，和彼此诉说。尽管说了也未必有用。

我不断地看书，不停地写诗，为她写下一首又一首诗歌，有的意向写得很朦胧，朦胧得连自己都觉得很模糊。可在当时，就是这样一种朦胧模糊的美好感觉，让我在枯燥无味的生活中感到些许的快乐和安宁。

莫名的幸福

行走在边城十一月的寒风中，

那风从我心中空荡荡地吹过。

浑身都爬行着嗜血的蚂蟥，

忧伤和疼痛扑面而来。

我说红尘寂寥，冷月无声，
独自行走在支离破碎的满目苍凉中，
惶惑中忽然天边呈现出一个天使的面孔，
她美丽安详，满目柔情，
她拉起我在十一月寒风中冻僵的手，
安慰我，鼓励我。
带给我无限的温暖。

我没有看清楚她的容颜，
但我知道她有倾城的风姿。
我也不知道她在何方，
她俯下身悄悄贴在我的耳畔告诉我
她在那天蓝海阔的远方，
总有一天她会插上梦的翅膀来寻我。

  生活，虽然平淡，却变得有了生机和希望。原来幸福有时候只是一场观念的转变。

  不可否认，我们真的恋爱了。随着了解的增多，我们的感情日益加深，开始了一段旷日持久并且匪夷所思的恋情，彼此从未谋面，却难舍难分。这是多么神奇的一件事啊！我坚定地践行了柏拉图式的纯粹精神恋爱，并且谈得如火如荼。

  在后来的某一天，我看到了她当年发给朋友的一封邮件，说自己不知道为什么，竟然真的会为我牵挂，会想我，也许是真的爱上我了。那封邮件写出了她当时的真实感想，起初她也许并没有把这段感情当回事，但随着时间的推移，她对我逐渐真的产生了精神上的依恋。

情深未完成

有时候，我周末跑去网吧通宵，第二天狂睡一天，觉得那也是一种堕落的快乐。

午夜时分，QQ企鹅唧唧地叫唤。

"帅哥，怎么还不睡？"是雪在问。

我买了一盒泡面正在狼吞虎咽，回复道："周末好不容易放假，出来偶尔上个通宵放纵一下。"

"要做个好孩子哦，放纵是堕落的根源。"

"知道了。我是不会堕落的。"

"为什么？"

"因为有你这样的贤妻啊！"

她娇笑，沉吟了一会儿，对我说："我真想去你读书的地方，那样每天都可以见到你。"

"啊！"我惊讶，"可是我还是个穷学生啊，怕我养不起你啊！"

她又笑了："我说过要你养我吗？我自己有手有脚，可以自食其力，每天只要远远地看你一眼，我就很满足了。"

幸福的暖流再次激荡我心，令我无比感动，暗想，如果真的如此，那可真是上天对我的眷顾和恩宠了。

……

午夜时分。

"雪，你早点休息吧！"她仍然在线。

"有你的地方，就有我。"她回道。

"可是真的很晚了，我明天没事，你还要工作，不能耽误你休息。"我不由说道。

"不用管我哦，你看你的电影吧！"她依然倔强。

……

直到第二天的凌晨，她的QQ也一直亮着，难道，她真的不睡觉陪我在线一夜？

第二天，天已渐亮，我准备回学校大睡，小企鹅又传来信息。

"风，我太困了，陪你熬了一夜，我要睡觉了。"

看见这条信息，我彻底无语。

……

在这个很多事物都经历着急剧变革和洗礼的时代，我承认自己虽然一向故我幼稚，但也知道网恋是怎么回事，深谙现实之中尚且存在着无数尔虞我诈，虚假迷情，更何况是虚无缥缈的网络。

我也知道，在这个开化的年代，很多女孩子说一句"我爱你"就像吹口哨一样轻松，说完之后也可以全然不当一回事。可她不一样，那轻柔的语声，让我真切地感受到那是一个人在真真切切地关心我，在乎我。

那时候，我虽然时常孤身一人，却不再觉得孤独，因为每一天，她都会主动打电话给我，关心我的生活，倾听我的感受，了解我的所思所想。生气了，她会像个孩子一样想办法逗我高兴；郁闷了，她会讲故事讲笑话；生病了，她总是电话不断，关心我的病况。甚至于，当我挥霍无度花光了身上钱财的时候，她也总会在第一时间汇钱给我。

我知道虽然虚拟，虽然遥远，可是我真真切切地感受到了她的存在。我在孤独的边城，感受到了那份遥远的温暖。

周六，我呼呼大睡了一觉，醒来时已经是下午时分。洗把脸行走在边城的道路上，天空夕阳映照，路旁小桥流水，我感觉头脑空明澄澈，忽然有种脱胎换骨的感觉。回首二十余年的岁月，我一路默然走过，在荒唐中不知不觉长大，在还没来得及挥霍青春的时候，却发现它已在淡然远逝。

煽动起灵魂的翅膀，思绪回到往日的世界。多年前，我曾幻想自己是个英雄；如今，我已经把昔日远大的理想，永远地藏在了心底，提起理想，忙不迭退避三舍。

有时候孤独地游走于这座边城，我时常觉得很彷徨，迈出了这一步，却不知道下一步要怎么走，要去哪里；有时候静静回首往事，细数昨日那些逝去的岁月，不胜伤感。岁月的脚步带走了我的青春和激情，而那些曾经的理想，也随之付之一炬。为此，我写了一首简短的小诗。

情深未完成

奔跑

独自站在离天最近的那个高岗上，

向着旷远的长空放声高呼，

却吹不散那朵带着血泪的云彩，

曾经以为的无所不能，

如今却是一无是处！

单调乏味的生活中，忧伤的情绪总是会在不觉间浮现，我独自伫立在边城的一座桥边，看桥下的流水淙淙，心头若有所思。

耳畔边，再度回想起雪的话语。我迫切地需要一个精神上的堡垒和支柱，特别是在此时此刻。无疑，一个爱情的美梦，是最为直接的乌托邦。

每当落寞的时候，我就想起雪，想想那个犹如镜花水月的爱情美梦，就仿佛找到了属于我的那片未来天堂。哪怕为了这个美梦殉道，我想我也会义无反顾。

面对艰难困苦的生活，我感觉我已不再是一个人孤军奋战，因为想起我的那个她，心头就升腾起一股为梦想再次拼搏的力量。

纵然步履蹒跚，但因为有了爱的力量，我已岿然不惧。

与其说镜花水月的前程是我奋斗的理想，倒不如说那个美丽虚幻的女子，是我最直接的信念。

此刻，我神情焕发，又有了新的梦想和规划，抛弃过去的堕落和耻辱，准备走向新的征程。所有的那些自我压抑和吞噬，都让它永久远去吧！

在那段时间里，我感觉日子过得飞快，生活也变得充实，内心也变得不那么极端和抱怨了。原来爱情，真的具有如此神奇的力量。

我要变得优秀，我要变得强大。一个声音发自我的内心。

那段时间，我除了上课认真以外，还报名去武术馆学起了武术，辛辛苦苦攒钱买了把吉他学习音乐。一切，都只为让自己变得更优秀，能吸引一个女孩的芳心。

晚间，我给在昆明的姐姐打了个电话，说自己找了个容貌绝美的女朋友，任何人看见她，都会变成诗人。

姐姐笑笑说："真的假的？"

"真的啊！"我颇为自豪地说。

"才不信，等什么时候带来我看看？"

"没问题。"我得意一笑，有些许的成就感。

"怎么认识的啊？"姐姐忽然问。

"网上认识的。"我说。

"疯了吧？你……"姐姐顿时有些不悦："你都多大的人了，一天不认真学习，就知道做些没用的事情，看你毕业了怎么办？怎么找工作？怎么养家糊口？现在的社会那么复杂，网上那么多骗子，你好自为之。"

她的话音未落，我就挂断了电话。我知道她是为我好，可是我的观念和思想，早已对这些东西颇为厌倦。我早已不在乎失败和成功，变得很麻木。认识雪，这是我这几年苦闷岁月中感觉最为安慰的一件事。我不想又被人用乌云遮蔽了这刚刚闪现出来的一线天光。

边城的黑夜漫漫，当我陷入无边的惶恐和落寞，觉得自己更像是被命运套上了桎梏。我对生命和生活，总有一种莫名的恐慌。想想明天，想想未来，我却感受不到天亮以后我对生活有什么盼头，只觉得岁月在不断地流逝，我会逐渐老去。

每当这个时候，我总会想想她，想想那个远在天边，镜花水月中的雪，并且尽量把她想象得完美无缺。我此刻的理想已变得很简单，只需要在深感惶惑和疲惫的时候，有一个懂我的伴侣在我身边，可以把头枕在她的双腿上，可以安然幻想，任时光荏苒，物是人非……

想着她，想着她那一顾倾人城，再顾倾人国的美丽容颜，我不知道自己什么时候睡着了。

信念在我心，别人怎么看怎么想，我又何必在乎？有这么关心我的佳人，有这么纯真的感情，纵使距离遥远，远隔千山万水，又有何妨？

第二天晚上，我又和对网恋极度排斥的姐姐争执起来，最后她说："若真是如你所言，那她怎么不来找你呢？"

我一时语塞，愕然沉默。

是啊，当感情积淀到一定的程度，就需要质的飞跃，才能够锦上添花，才能够维持久远，如果一直这么耗下去，永远都不见面，这又算什么爱情？

我和她，必须得有一个人勇敢地跨出第一步，那才有可能奏响真正的爱情乐章。

终有一日，我要带着美丽的雪，一起出现在姐姐的面前……

07

非分之想

　　十一月才刚开始，可秋天仿佛就这么早早地完结了，这城市的气候总让我感觉如此陌生，早晨严寒如冰，中午却酷热似夏，每一天，我都体验着冰火两重天的强烈冲击。

　　马上就是大二的寒假了，我和雪认识并交往已快有一年了。站在微凉的夜色中，我给她拨通电话，不等她说话，便直言道："我们见面吧！"晚风吹起冬的萧瑟，也吹痛了我单薄的身影。身旁有一对恋人互相依偎着从我身旁走过，我感到一种从未有过的孤独。

　　她沉默着，似乎有些猝不及防。其实我在想，如果实在不行，又何必这么耗下去，浪费彼此的时间？不可否认，我的决心已经有一些动摇。

　　短暂的沉默后，她说话了："我想好了，等再过几个月，我把家里的事情安排一下，就去找你。"

　　她的回答让我出乎意料，心中大喜，天气虽冷，但我的心却一下子变得火热温暖。距离虚拟现实化，只有一步之遥了。看来真是天助我也，在我即将对这段恋情逐渐丧失信心的时候，又再次看到了希望。

其实在我心中，一直很纠结，网恋这样的事情，究竟是真是假，谁又能有定论呢？这是一个复杂的纯真年代，你不能说人不善良，但却不得不说社会很复杂，但终究，社会是人们内心的投射，好比一部电影，正是由多角色的演绎才构成了故事，生活亦是如此。

读大学的时候，我承认自己不是个称职的学生，老师在讲课，好似与己无关。我在下面看书，只有听到很出彩的言论时，才会唤醒耳朵。那时有个教心理学的老师，总喜欢津津乐道她的所见所闻和所思所想，偶尔能唤起我的注意。

譬如，有一天在课堂上，她讲了一些关于网恋的心理解读，这引起了我极大的兴趣，因为自己恰逢网恋。虽然不知道她的话有无道理，但时至今日，对她曾讲过的内容仍记忆犹新。

她当年读大学时候经历了初恋，就是一段网恋。在上海读书的她网上认识了一个身在北京的男子，后来恋爱了，经了解他便到上海找她，后来两人克服了距离的难题，真正谈起了恋爱。讲的同时，她还不住赞扬当年的男友如何优秀。

我问："老师，那你们现在还在一起吗？"

她看着我笑笑说："没有。我这不是已经回到云南，结婚生子了！我的儿子都已经上幼儿园了。"

这显然不是我想要的结果："为什么历经时间洗礼的感情最后却要无疾而终呢？"我对此表示好奇，便向老师追问。

她笑笑道："因为现实的原因吧！我回了云南，而他在北京发展。"

我顿时有些许的失望。

"但是真正的网恋其实更容易了解彼此，两个人如果真的走到一起，会更易相处沟通，更坚定地走下去。"她接着说。

这话忽然又让我对网恋重拾了信心。

接着她继续道："因为网恋更多的是通过文字和语言交流，注重更多的是理性，而现实之中，人们谈感情则更注重外表等表面的东西，所以网恋如果一旦成真，往往不容易分离。"

直到多年以后，当我遍体鳞伤地回想起往事时，已然无语，而在当时，我真的相信了这些话，并且深信不疑。

我更加坚定地相信，我和雪的爱情，一定会开花结果，从虚拟走向现实，化腐朽为神奇，成为世纪绝唱。

回到简陋的宿舍，我的心情大好，忽然感觉生活越来越有盼头，哪怕此刻置身这环境恶劣的宿舍里，也没有那么多的抱怨。

学校的宿舍较为简陋，上下铁床铺，一个小小的水泥格子里，硬是挤满了八至十个学生。宿舍的空气不好，经常掺杂着荤素不同的屁味，边城的学生好喝酒，好打牌小赌，常常在喝酒之后撒酒疯。

这些让我觉得非常厌恶，但此时，我完全沉浸在期待美丽约会的心情之中，以至于这些令我心烦的情节，可以完全忽略不计。

一天，我端坐在图书馆里面看书，时不时打开手机，再次凝望她发给我的自拍照。照片里，她斜倚墙壁，衣服上领微敞，目光淡然地投向远方，神韵迷人。

我起身走出图书馆。

"雪，我可以提出一个小小的非分之想吗？"我打通了她的电话。

"什么？"她好奇地问，似乎猜到了什么。

我嘿嘿笑了几声道："我很想你。你知道吗？"

"呵呵，当然啊，此时此刻，我也在想你啊！"她语声柔柔。

听着她好听的声音，我接着道："可是我们却不能见面，我忽然想看看你。"

"之前不是给你发过我的照片了吗？"

我憋红了脸道："我……我……"想了又想，终究还是没有说出口。

"风，你怎么支支吾吾的！我是你老婆，有什么就对我说啊！"听她这么一说，我的心头乐了，她居然说她是我老婆。

"我好想听你叫我老公。"我有些无耻。

"老公,老公,老公……"电话那边的她轻吟着,叫得我心头升腾起一阵阵暖意。

"小雪,你真温柔,我真想时时刻刻都能够看到你,牵着你的手,感受到你的温柔。"我说起了让自己都感到浑身酥麻的话语。

接着我又对她道:"你知道吗?昨天夜里,我梦见你了。"

"呵呵,是吗?"她娇笑,"梦见我什么呢?"

"梦见我们去了一个地方。"

"什么地方?"

"一个很美的地方,飞鸟夕阳,桃花朵朵,蔷薇处处,天蓝海阔,只有你我,长相厮守。"

"很美的画面!我也期盼能够超脱这令人窒息的现实,找到那样一片世外桃源。"她幽幽道,"但其实,你都没有见过真正的我,我也没有见过现实中的你。"

"会的,只要我们有心,就没有什么能够阻拦我们。"我说。

"嗯。"她想想忽然笑道,"不说这些让人伤感的话题了。梦中的我们是在一起看夕阳吗?"

"什么?看夕阳?"我想想道,"夕阳当然也看了,不过看完我们又做其他事情了。"说到这里,我的心头咯噔一下,脸面火热,浑身燥热。

"啊……什么事啊?"

我稍微顿了一下,想想道:"看完夕阳我们又来到了一片山坡上,山上绿草茵茵,我抱着你,一起咕噜咕噜滚下山坡了!"

我有些后悔说出这样的话,一直以来,她在我心中就是圣洁不可侵犯的女神,而现在我却抑制不住生出非分之想。

想到这里,我的内心不由得有些纠结。

电话的那边,她没有说什么,只听见她略带沉重的喘息声。

也许,她也在想……

08

是敌是友

　　边城的日子是寂寞的，也是无聊的。耀是我当时为数不多的好友之一，我们是来自同一个地方的老乡，又到了同一所学校。

　　他一直很奇怪我为什么不找女朋友，在多次试探之后，我如实相告和雪网恋的故事。

　　我们坐在学校草坪上，他听后立即站起来指着我哈哈大笑，说你真傻，都什么年代了还相信网恋，而且还是北京那么远的地方，试问，有谁会因为一段网恋从北京跑到你身边跟你在一起呢？说罢，还不忘提点我，兄弟你现实点吧。

　　我沉默无语，想想道："也许你说得都对，但我始终相信，在这个世界上有真正的爱情，会有人为了真爱不惜一切。耀，你在咱们学校追了那么多女孩子，她们也就在你身边，就在现实里，那又怎么样？"我戳到了他的痛处。

　　最近，他看上了我们班的一个小女生，未料想在大胆写情书表白之后，却遭到冷遇。那个女孩见到他就像见到了瘟神，目光怨恨，迅速逃离。耀不解，要我帮忙，我只好亲口去问那个女孩子为什么如此无情，女孩说："难道是个人就要答应吗？请你转告他，我看见他就恶心，就想吐。"

我没有撒谎，一五一十地把原话传给了耀。耀满脸失落和无奈，默然无语。

"原来大学并非寻爱的天堂。你在这里遇到真爱了吗？"他反问我。

"我想我遇到了。"我说。

"谁啊？"

"就是我的北京女网友。"我说。

"你见过人家吗？"

"目前还没有，不过她有照片，而且我们也视频过。"

"那怎么样啊？"

"貌若天仙，非同凡响！"我笑道。

"你吹吧，真要那么好咋会看上你呢？"

"你爱信不信，只要我相信，她相信，就足够了。"我没好气道。

见我生气了，他拍我肩膀一下笑道："哟哟哟，生气了啊？我跟你开玩笑的，听你说得像是真的一样，那让我看看啊！"

"看什么？"

"看她照片啊！"

"不给。"我拒绝。

"那就证明你在撒谎，你在痴人说梦。"

"我没有说谎。"我坚决道。

"那你为什么不敢让我看看？"他故意激我。

"看就看！"说罢，我找到雪的网上空间，和耀一起看起照片。

"哇，这妞挺不错啊！"

"这下你信了吧？"

"信了，信了。"他一边看一边阴笑道，"那顺便让我也认识认识啊！等什么时候约她过来找咱们玩啊！"

"这不行。你还是重新寻找吧！"我了解他，他是无原则的人，于是拒绝道。

"哟，不就一网上的女孩吗？网上一抓一大把，多了去了，你至于这么认真吗？"他似有嘲讽道。

"我自然是认真的，既然你说网上那么多，那你去找别人吧，就不要打她的主意了。"我说。

他白我一眼道："凭什么，又不是你媳妇，美女是共享资源。"

听完这话，我顿时非常生气，和他吵了起来——这什么朋友啊！

可怜之人必有可恨之处。我险些把他当成了真正的朋友。那天，我们不欢而散，但事后我又有些自责，也许是我太过小气，为了这点小事儿就和他吵架。

正在我为这件事自责的时候，雪郁郁寡欢地给我打来了电话。

"风，你怎么可以这样？你真的让我好伤心。"

"怎么了？"我很惊愕。

"我把你当成真正的知心恋人，和你无话不谈，对你真心真意，但如果你不喜欢我，你可以直接告诉我，为什么要把我介绍给别人，难道你疯了吗？"她的语声幽咽，如泣如诉。

"我还是有些不明白。雪，你可以说清楚一点吗？"我问。

"今天有一个陌生人加我，发信息过来跟我说，你不想跟我再聊下去了，你在学校有女朋友了，但不想对不起我，于是把我介绍给他。"

听她这么一说，我忽然明白了。我叫雪把QQ号码告诉我，一核对真是耀的号码。

原来，真的是他！我在这座边城最好的朋友。

应该怎么办？我扪心自问。

09

为爱痴狂

经过这件事,我刹那间相信了,有时候,最好的朋友,往往有可能是潜伏在身边最大的敌人。之前我把耀当成最好的朋友,和他无话不谈,包括和雪的这段网恋。他非但不反对,还大力支持我,说:"加油,让梦想成为现实。我支持你。"我很感动,觉得耀真的是我的知己。

而他这样的举动让我彻底失望,此刻再想起这个朋友,内心升腾起一股无名的怨恨和怒火。

我向我的女神又解释又道歉又自责半天,才终于得到了她的原谅。

此时不禁又想起耀,心想他可真不是东西,还同情他可怜他呢?

而他似乎也有自知之明,从那以后不再来找我,我倒也清静。

在那段日子里,我忽然有种强烈的预感,期盼着,并且坚信,在以后的日子里,必定会有无数精彩的故事即将上演。

我不知道为什么会有如此强烈的感觉,边城的一侧有一座极高的大山,山势陡峭，山顶有一座佛塔，供有诸天神佛。

我徒步爬到山顶，虔诚地参拜神佛。手中的香在缓缓燃烧，一位披着袈裟的老僧静静地注视着我，我很困惑，以为他要问我要钱，我朝功德箱里放了五元钱。

那位僧人见我一脸虔诚，双手合十对我道："施主，期年之后，你命犯桃花。"

"桃花？"我满脸疑惑，知道桃花是暗指感情，"但不知这桃花是好是坏？"

"是好是坏，皆是命中注定，前世今生，辗转轮回。"老僧语气深重，让我顿感天道茫茫。

"可否指点一二？"

老僧笑而不语，只是摆手。

我没有继续追问，心想，桃花就桃花，桃花也有好坏之分，有桃花总比没桃花好，有思想总比没思想好。哪怕是一场注定的桃花劫，假如真是我前世亏欠了她，那么用此生去补偿又有何不可？

很快，我下山了。走在下山的路上，我暗笑，小小年纪，又何必自寻烦恼，何必信这些所谓虚幻的神佛和宿命？

想来是我经历的困苦太多了吧，而所谓的困难、苦难，还有无数的迷惘，此刻我已忽略不计，因为在我心中，有一盏闪耀在寒夜中的灯火，无时无刻不在温暖着我的心。

边城的寒夜漫漫，我的心却是暖暖的，因为我找到了一片栖息地，可以在迷茫时、闲暇时、困惑时，幻想一下雪美丽的容颜和清澈的笑容，想想那些虚幻的美好……我完全陷入了柏拉图式的爱情之中，明知这也许仅是一个飘忽的幻影，一个虚无的梦境，但我仍然执著，哪怕是自我麻醉，也心甘情愿，唯愿长醉不醒。

清晨，我被一阵急促的电话铃声给叫醒，清晨的寒意让我眷念地蜷缩在被窝里。我像个刺猬一般，接起电话，耳畔传来雪清脆欣喜的声音，只听她语声娇柔道："风，快快起床了，太阳晒你屁股了。"我睁开朦胧的双眼，暗想这女孩真是有心，自从确立了这虚幻的恋情之后，几乎每天早上，都会早早发来短信，或者打来电话，叫我起床；有一次她感冒嗓子沙哑了，还跟我聊了半个小时。也许她知道我是学生，经济并不宽裕，所以几乎每天都是她主动打电话给我，一聊就是很久，记忆里最长的一次记录是三小时，直到我耳畔的手机都已经微微发热了，大家才依依不舍地挂断了电话。当时聊了些什么，怎么就那么不舍，今天我已经不完全记得，但在心底，她的每一条短信，每一个电话，每一个音节，对我都是微小的幸福。也许虚幻和想象，更平添了一份神秘的期许。

那天傍晚，边城的严寒再次袭来，冷雨闪现在空气之中，过往人流行色匆匆，我亦感觉异常冰冷。

我的一只眼皮一直在跳，不知道是酒肉要到还是棍棒要到。当我再次登录网络之后，发现QQ空间被人洒满了咒语和谩骂，言辞激烈，不堪入目。正在我异常恼怒的时候，雪也哭哭啼啼地打来了电话，语声幽咽，说一个网友不停地加她QQ，一加上就是粗言秽语。她拒绝了好友申请，紧接着又是其他人来追加，不停地变换角色谩骂她。

"我不知道为什么。我怀疑是一个人，他不停地变换QQ，像是疯了一般加我，骂我。我真的很郁闷……"听完雪的这一番悠悠倾诉，我有种肝肠寸断的感觉，看着停留在我空间那几十条咒怨，我很清楚是谁干的了。

那个人就是耀。自从和他起争执之后，我们多年的友情毁于一旦，正在我觉得自己是否有些过火的时候，他又用无耻的行动给我重重一击。我彻底不想和他再交朋友，彼此互不往来，但我知道，耀是一个饱受生活侮辱的人，他的人格早已千疮百孔，有时候会变得极为疯狂，他说他常常会干一些自己都不知为何的事情。

虽然未曾谋面，但我早已把雪当成了心中的女神，当成了自己的女朋友，同样执著而偏狂。

我不想这么懦弱，不想坐以待毙。耀伤害的是我的雪，我心中那份柔情，顿时化作了熊熊烈焰。

我全然不顾自己是否是对方的对手，点燃一根烟，行走在瑟瑟的寒风中。好像有种快要下雪的感觉，但我知道，这座边城，几乎从未下过雪。天气干冷得有种快要让人崩溃的感觉。

"唉,那个人真是好无聊啊,他又发信息骂我了,我不知道为什么,风,你告诉我。"雪又发来了一条信息。

在那一刻,我被彻底激怒了。

我安慰她,说没事,会给她一个交代。

我现在的想法只有一个,只要见到耀,扑上去就揍他。

夜风飒飒,这学校里人影寂寥,纵使没放假,有时候也显得很冷清。

我冲进了耀的宿舍,他对我的到来很是意外,不知道我要干什么。我已经被怒火激得有些疯狂,什么话也没说,什么也没想,走到他面前就对准他的头部打了两拳,他刹那间反应过来,对我也大打出手。我们两人厮打起来,观战的人无不诧异:他们不是昔日最好的朋友吗,怎么此刻会在这里拼命互打?

一番拳击脚踹之后,双方都气喘吁吁地停了下来。

在离开之前,耀扯着嗓子冲我大吼道:"你这个疯子,傻瓜,她是你什么人啊?一个网上认识的从没见过面的人,竟然让你这样。"

我顿时愣在原地,我的勇气,我的力量,我的过激行为……此刻让我觉得不可思议。一向善良不好斗的我,竟然会为了一个虚幻的女子不顾一切地去拼命。

站在漆黑的天幕下,我第一次感到自己是如此的神勇。

难道,这就是所谓的爱情的力量?

"为了你,我今天不顾一切,和昔日的朋友闹翻了,还互相打了起来。"带着浑身的疲惫和狼狈,我找到一个空旷的地方只想立即告诉她,我帮她出了气。

"真的假的?"她半信半疑。

"真的。就在刚才。"我的语气坚定。

"那你没受伤吧?"她满是关切地问我。

"还好吧。"其实我已感觉到浑身酸痛。

"你没有被老师学校处罚吧?"她想了想,又问。

"这学校地广人稀,晚上打架的多了,就是一所烂学校,都没被发现有这么个事情。"说完我就有些无奈，考到这样一所学校，是我的悲剧，也是我的无能。

"哦，呵呵。"她开心地笑了，我的如此举动，终于博得了美人的嫣然一笑，"你在那样的地方和学校，可要保护好自己，注意安全哦。我可不希望我的风，是缺胳膊少腿的哦！"

"怎么会？"我勉强笑了笑，实在觉得很累了，心里顿时觉得复杂难言。我是否很幼稚？我是否很偏执？她是否真的是红颜祸水？

我没有多说什么，和她说声"晚安"后就一头钻进被子，本想呼呼大睡一场，却怎么也睡不着。

我孤独地躺在床上，深感困惑：我是否很荒唐？我的人生，我的信念，我的理想坐标，又是什么？难道，真的肤浅到以一个虚幻的女子为自己的精神动力？假若，这个女子，从头到尾根本就不出现，永远都只浮现于网络的那一端，我又该如何？抑或，她短暂得犹如惊鸿一瞥，终究有一天再次消失在我的生命里，那我又该怎样？

……

那一夜，我失眠了。

正在我感到茫然的时候，雪发来了短信："睡了吗？亲爱的？"

"没有。在想你。"我回。

"我也在想你。我猜你一定也没睡着呢。"

"为什么？"我问。

"身无彩凤双飞翼，心有灵犀一点通。"

"你可真会说话。"每一个男人背后总会有那么一个女人，要么男人驾驭女人，要么女人驾驭男人，而我感觉，雪是一个会驾驭男人的女人，千里之遥，她几句柔语几声哭啼，就让我为之癫狂，做出了让自己都觉得意外的举动。

"亲爱的，我真的在想你，很想你，如果你现在在我的身边，我一定会吻你的。"

过了一会儿，短信回复了。我有点激动，打开一看，只是一串省略号。

此时无声胜有声。我笑了又笑，疲惫稍微有些缓解。

紧接着，雪又发来了一条信息："风，你一定要好好学习哦，不论怎样，都应该好好读书，不能蹉跎青春和岁月。"

多好的女孩啊！看看短信，我忽然觉得释怀了，又感觉今天的癫狂和付出都是值得的，哪怕，刀山火海，也在所不辞。我又觉得，她就是我这平淡枯燥生活中的一种信念和坐标。

快要放假的时候，我接到雪发来的QQ信息："风，我想你，迫切地想见你，等你放假的时候，我就来找你。"

我欣喜若狂，对这个即将到来的假期充满了无限期待。

边城的北面有一座很高的山，山上矗立着一座高高的佛塔，我遥望着那恍若矗立在云天之外的尖山佛塔，内心闪现着无限的希冀。

我的心在突突地跳，一直跳个不停。

我是多么期盼一个月后的相见。

她真的会从遥远的北京来到千里之外的滇西边城吗？她真的会从天而降忽然出现在我的面前吗？真的会义无反顾只为见我一面吗？

也许……

我无限向往，却又不敢多想。

彷徨在梦幻与现实边缘的我，内心极为纠结。

10

远离这座城市

　　边城的六月，树木葱郁，万物芳菲，处处充满了生机和希望，我浮躁的内心，也布满了希望，希望能早点回家，希望能远涉千山万水，早日与她相会。

　　临近放假前的几天非常难挨，有种度日如年的停滞感。我知道，时间的节奏没变慢，是我的心迫不及待。

　　我对这座小城没有半点眷念，在这里，除了觉得炎热和难熬，再无其他。我也没有感受到传言中边城人的热情，晚间，倒是常见醉汉在群殴。

　　看多了打斗场面和耍横的人群，让我意识到自己似乎有些身影单薄，于是在业余时间萌生学习武术的想法。教我的师父是一位比我大不了几岁的青年，却已是身怀绝技的高手。他只身闯荡到这座边城，开了一间武馆，但我感觉武馆的学徒并不多，寥寥可数。我觉得这位师父的生计是个问题，但他时常对我说，他收徒弟不只是交钱他就收，还要看对方的品德。

　　六月，我觉得待在学校很难熬，经常去武馆向他学习武术，以此打发无聊的时间。有一天，他和我说他要创立一种新的拳术。我问，是不是像李小龙的截拳道那样，他点点头，笑说差不多，并邀我为他写一篇介绍其创立新武学的文章。我惊奇地看着他，笑了笑道："师父，还真是没看出来，你可真是壮志雄心啊！"

"我六岁习武，到处寻访名师，夏练酷暑，冬练三九，已有二十几年的历史，在综合考量学习很多我们云南的拳术之后，我想创立一种新的拳术。"他向我娓娓道来。

"什么拳？"我好奇地问。

"滇拳。"他郑重地说。

我笑了。我承认，有笑他不自量力的意味。

不过这师父的武术的确不是虚夸。他的身体强悍，说他每天的生活很单调，就是不断地练功，武术就是他的生活，就是他的梦，就是他的未来。我没想到他有如此远大的抱负，这倒是一下子震惊了我。初时，我觉得好笑，不过稍微想了想，看着他一脸严肃的样子，不禁又多了一份敬重。每一个平凡的人，也许都有着不平凡的故事，每一个人都有做梦的权利，无论那梦想是否能够照进现实。

"如果你创立了新武学，那你就是一代宗师了啊！"我半开玩笑半认真道："你就不怕有比你更厉害的高手找你挑战吗？"

"武道永无止境，没有人能够说自己是最强的人，但我至少有勇气和他较量。"他语气铿锵。

他的气势让我敬佩。我没有再说什么，每一个人都有自己的梦想，他是有梦的人，无论他的梦想如何，都愿他的梦能够成真。

还没有到放假的时间，但我已经熬不住了。我也有个梦，我的梦想就是盼着早点见到我的雪，为此还没放假我就提前买好了车票，只盼早点能够离开这座边城。

七月初，我终于踏上了回家的征程，坐在车上回望边境最后一抹斜阳，没有半点血色，我只觉得满目苍凉。

群山巍巍，看着车子在群山苍茫中穿行，我忽然有种逃离的感觉。

看着远处天际，我的内心无限渴盼，终于盼到了梦寐以求的七月，终于快要

情深未完成

见到让我朝思暮想的伊人了。

从滇西一路行往昆明，我有种逃离抑或解脱的感觉，那时候觉得读大学真是没意思，尤其是边城那样的大学，恨不得马上毕业解脱。

车子在崇山峻岭中穿行，因为坐的是夜车，所以只感觉外面黑乎乎一片，要是在白天，肯定是一路的高山峡谷。凌晨十二点的时候，周围已经响起鼾声一片，而我却全无睡意，有种久久压抑的兴奋，实在无聊了，就翻看我和雪发过的每一条短信，看她传给我的每一张照片，看着看着，愈发地思念她了。虽然这思念来得有些荒唐，因为思念的对象是现实中从未谋面的人，即便如此，这思念却真实得让人无法遏制。

我想了想，编了一条短信发给她："亲爱的，你睡了吗？"

很快，雪给我回了短信："刚睡下，正想问你在干吗呢？"

"我已经放假了，现在正在回家的路上。"

"哦，那要注意安全，照顾好自己。"

"嗯，你不是说等我放假就来找我吗？准备什么时候动身？"我忍不住问。

期盼的答案是她明天就动身南下，但是整整过了十分钟，她都没回信息，我一下子变得很纠结，心头顿时浮起了疑云，原本豁然开朗的内心顿时又变得郁闷起来。我实在想问个究竟，也顾不上会不会影响周围熟睡的人，准备拨通她的电话。

正在这时，她发来了回复短信："风，再等等好吗？这几天忽然又有很多事情。"

11

两情若是久长时

我看着短信，忽然有种很失落的感觉。我曾经看过一个故事，讲的是一个小女孩很喜欢吃糖，但家里很穷。有一天，舅舅和她说，你要是折出一千只纸鹤，等过年的时候，我就送给你一大包糖果。小姑娘信以为真，每天一有时间就折纸鹤，终于在过年的时候折出了一千只，可是等舅舅来了，她却什么也没等到。原来舅舅只是随口一说，甚至连他自己都忘记这件事了。我想我此刻的心情，就和这个折出一千只纸鹤的小女孩一样。

我从边城回到昆明，在姐姐的住所短暂地逗留了几天。一天晚上我实在憋得慌，独自走到小区的楼下，站在昏黄的路灯下，想再打个电话给她。自从她说有事还要再等些时日后，我就很生气，很郁闷。在此之前，我甚至还打电话和姐姐说，我认识的那个漂亮女孩说了，等放暑假就来找我，我就在你们那先住一阵子等等她。姐姐半信半疑，劝我不要胡思乱想，好好读书，以后找个靠谱的工作。我反问，你不是也在读书的时候谈恋爱吗？她哑口无言，没再说什么。

电话接通了，我问雪还要等多久，还来不来找我。她竟然支支吾吾地说抱歉，表示不能来了。听后，我顿时心头泛起无限的愤怒，牙齿咬得咯咯作响，感觉自己像个傻瓜，居然还相信网恋这回事，花了那么多心思去经营，最后却弄得自己遍体鳞伤。

我深吸一口气，看了看夜空，强行压下心中的愤怒和不悦。

我稍微平静了一下，又问她："我不怪你，但你可以告诉我为什么吗？"

电话那边顿时响起了她幽咽的抽泣："对不起，我失约了。我知道，也许这样会让你不再相信我，可是，我实在没有办法。"

她的哭声顿时惊醒了我的心，我连忙像哄小孩一样地对她说："不哭了，不哭了。"不由得又问她，"怎么了？出什么事情了吗？"

"我妈妈最近身体更差了，以前只觉得头疼，最近几天，连走路都有些困难，昨晚走着走着就摔倒了，差一点就站不起来了。幸好我及时发现，立即送往医院。医生一检查说是半身不遂加剧了，需要随时有人照顾。"她的语调惆怅而又哀怨，没有一点撒谎的意味，我没有理由不去相信她。

原本还很恨她，怨她欺骗了我，可听着她的说辞，一下子又生出无限同情，刚才的怨恨和愤懑也随之烟消云散。

"风，如果，你还愿意等，还能理解我，那就请你再等等我。当然，如果你觉得这样纠结下去让你觉得很累，你选择放弃，我也不会怪你。我仍然会记得你，记得在遥远的彩云之南，有一个男孩，曾经带给过我的美好回忆。"她继续幽咽地和我诉说。

我知道，也许她并非存心欺骗我，她的话应该是真的，虽然认识快一年了，但毕竟只是因为网络才相识，别说她妈妈真的病了，就算没病，要让她这会儿就找我，想想也是不可能的事情，而且这样漂亮的女孩，不用脑子去想也知道在现实中肯定有大把的追求者。此刻放在我眼前的路有两条，一是放弃，一是继续走下去。

我自问是否就此罢手，可内心的声音是——不能就此放弃，都坚持一年了，坚持未必会成功，但放弃就一定会失败。

"傻瓜！我当然愿意等你啊！又怎会不理解你呢？遇到这样的事情，谁都不能轻松，你是个好姑娘，不仅美丽，更加善良，有孝心。如果我在你身边，也会帮你一起照顾妈妈的。只是无论怎样，都不要悲观绝望。我也一样，在赤日炎炎的边城，因为心里有你，就觉得漫漫时光不再那么难熬了。"

"我会的，这次不能见你我也很遗憾，但我想，我们还有很多的时间要过，还有很多的路要走，总会有机会见面的。风，你说呢？"雪的情绪稳定了一些。

"两情若是长久时，又岂在朝朝暮暮；情之所至，金石为开。没有什么东西可以阻拦真正的感情。"

"嗯。你真好，在这个世界上，我只对你一个人说真心话。"耳畔边响起了她的信誓旦旦。

"人家都说网络是虚拟的，我都没敢和别人说我从网上认识了你，并且对你恋恋不舍，我是否很傻？在你心中，是否真的有我的一席之地？"我想了又想，实在憋不住，说出了自己最想问的真心话。

"干吗这么不相信自己？风，你相信我，现在不是时候，但总有一天，我会让所有人都知道，你是我的男朋友。"

我忽然觉得很开心，用心良苦终于得到了一定的回报，心里泛起了微微的涟漪。

……

那天晚上的月亮很圆，月色如水，夜风轻柔。我们说了很多话，一直聊了半个多小时。起初，我们因为失约而彼此内心纠结惆怅，后来又惺惺相惜，更加向往以后了。

12

舌战群儒

雪没能按时到昆明找我，我只短暂地在昆明逗留了两天，便回了老家。我的老家在农村，虽然偏远落后，倒也山清水秀，看惯了城市的喧嚣，再次回到这纯粹的乡野，便觉得无限舒适。

近乡情更怯，不敢问来人。尽管在家的时候经常和父亲顶嘴，但此刻久别回家，心头涌起的唯有无限眷念。日出而作日落而息的父母，不知此刻是否已经从田间回家了。

我喜欢睡醒后静静躺在床上，听着沙沙的雨声，安然地思考，闭上眼睛，世界仿佛都是一片空灵；而现在，再次回到家，回到温馨的避风港，内心变得无比平静，所有的苦恼，全都抛逐脑后，荣辱皆忘。

我觉得和雪安安静静地互相发着一条条短信也是一种快乐。不知道为什么，我和她似乎总有说不完的话，虽然我们的距离很遥远，却真真切切能感知她是那么真实，似乎就在我的身边。我把我的所思所想全都告诉她，并且感觉她无处不在。

忽然有一天晚上，雪匆匆给我打来电话，声音有些惊慌不安："风，有人在追我，我好怕，要是你在我身边就好了。"

"啊？有人在追你？谁啊？"我好奇地问。

"一个疯子。"她说。

"什么？疯子？"我感到更加好奇了，"为什么要追你啊？"

"他快要追到我了，先不说了。"接着她便匆匆挂断了电话。

她的语气让我很紧张，一定是出了什么事情。晚间，我一连打了好几个电话给她，全都是关机，就连发短信问她，也没有任何回复。

我忽然变得很焦躁，这妮子不会是真出什么事情了吧？难道她遭人绑架？或者被人追杀？

而她口口声声表示我是她在这个世界上最信任的人，此刻是否应该帮她做些什么？

……

我心里进行着激烈的冲突。

她到底是怎么了？

凌晨，我又打了几次电话，始终都不通，后来不知熬到几点才昏昏沉沉睡去。

第二天，我特地跑到县城找了网吧上网。我早已对所有游戏失去了兴趣，只关心QQ上有没有关于雪的信息，哪怕，只是蛛丝马迹。

当我登录QQ时，却只看到一个死寂的头像。

我不停地刷新着邮件，没有一封未读的邮件。

正在我盯着屏幕郁闷的时候，忽然出现了一个加我为好友的信息。

我还没来得及问他"你是谁"，他就先向我发来了信息："我问你，你是不是就是那个叫风的云南学生？"

我说："是，你哪位？"

我看了看IP地址，是北京的，猜想一定是和雪有关的人加我。

"我是雪的男朋友，身边的人都叫我东，请你离她远点。"

情深未完成

我心头有些惊讶。听着他如此气焰嚣张地讲话，我很不悦，于是毫不示弱地回道："我才是她男朋友，虽然我不知道你是谁，但是请你离她远点。"

这句回话之后，那人顿时非常生气，立即发信息来咒骂我："你这个荒唐的家伙，你有见过她吗？你连见都没见过她，有什么资格说是她男朋友。"

"我们谈柏拉图式的精神恋爱不行吗？至少在精神上我是她男朋友。"

"什么柏拉图！我告诉你，我是她男朋友，并且警告你，识相的最好离她远点，不要以为你在云南我就没办法收拾你，要是你还纠缠她，我就让你吃不了兜着走。"

也许我的确有点厚脸皮，再说现在又在网上聊天，纵使我在现实里是个怂包，但现在隔着千万里的网络，难道你还能跳出电脑屏幕来打我？

于是我说："你来啊？有本事你现在就跳出来啊！我就从来没听她说过她有你这样的男朋友！"

"贫嘴的功夫还行啊！我随便叫群小弟就能灭了你，信不？"

"可惜我在西南啊！你要想削我灭我，先多跑几万遍马拉松吧。"我仍然表现出丝毫不惧的调侃。

他气急败坏，接着就开始脏话连篇。

我的手指一直在键盘上打字和他对骂，后来不知怎么，一时间不停有人加我QQ。初时，我不明白，全部都加进来了。但一加进来，那些QQ就都弹出会话框骂我，并且一下子弹出十几个。

我顿时明白了，原来这位不速之客叫来了"后援团"。

于是，我开始"舌战群儒"，字打不过来就索性编好一条骂得狠一点的信息全部复制粘贴地回敬。

即使这样，这场骂战还是一直持续了两个小时，骂到最后大家把能骂的话都骂完了，以至于乏善可陈。

见狂轰滥炸的骂人方式没有任何效果，那位自称东的人忽然又换了方式，改口和我好言好语，甚至求我离开雪。我知道他这是软硬兼施，想让我自动离开，但我又岂肯遂他心愿，就此罢手？

"兄弟，咱不骂了成吗？哥和你好好说说话行吗？"他开始示好。

"说！"我只回了一个字。本来不想理会，但出于好奇，我还是想听听。

"雪真是我的女朋友，只是我们最近吵架了，所以她不理我了，但我真的很爱她，我想和你好好谈谈，真的请你离开她，好吗？算我求你了。"也许他说的是真话，我开始有些相信了。

我没有正面回答他："为什么你知道我和雪的事情？"

"起初并不知道，后来她对我不理不睬，异常冷漠。我听说她经常上网，只为和一个人聊天，而那个人就是你。前段时间，又听她说要去云南。你到她空间写了那么多留言和评论，我猜都猜得到是你。"

"哦，原来是这样。可是我也喜欢她。尽管我同情你，但我没有理由因为要成全你而委屈我自己。她又不是你的，有权选择和谁恋爱。"

"我知道她现在似乎是被你迷惑了，但你想过没有，你们这是网恋。你并不了解她，甚至连她的面都没见过，即使暂时聊得开心，也不会有结果的，也许弄到最后，浪费你和雪的时间不说，还要两败俱伤。当然，这更加影响了我和雪的关系，影响了我的幸福，所以，我请你退出吧！你就只当在网上玩了一把恋爱游戏算了，我也会感激你的，我当你是朋友，可以为你两肋插刀。"

"谁稀罕！"本人又不是三岁小孩。于是，我也郑重回复道："谢谢，你的好意我心领了，但是有些话我不得不说。她选不选择我，这姑且不论，我猜得到她是个很抢手的美女，即使我退出了，你就能保证她会跟你？如果你吸引不了她，那即使我退出了，她也未必会和你在一起。"

"再说现在是什么时代了，网恋的一大把，早就不新鲜不稀奇了，也没有什么不可理解的，只要彼此真心，通过什么方式认识并不重要！"

他迟迟没有回复，也许是默认了我的观点。

13

爱，难以十全十美

大概过了几分钟，他给我回复了信息：她是个好女孩，我不知道你们最终会怎样，但也许你说得有道理，我不再阻拦你们，只愿你真的能给她带来幸福。

东的话言辞诚恳，虽然我没有见过他，但仍能感受到他对雪的深深眷恋。也许他是真的很爱她。

"听说你写诗文写得不错，加油，希望你能功成名就。"这位东忽然像是变了一个人一样，此刻竟然鼓励起我来了。

"呵呵，没有，闲着无聊随便舞文弄墨地瞎写几句，聊以自慰，都上不了台面的。"

……

但在他改变主意祝愿我能给雪带来幸福的那一刻，我忽然感到有些迷惘。

幸福？给雪带来幸福？

我还真的从未想过那么远。

是否，真的因为我的顽劣而破坏了一对恋人的感情？

可是，我确实不可思议地喜欢上了雪，不知不觉间被她吸引，而这并不仅仅因为美貌。

说也奇怪，接连两三天，我都没有收到雪的任何信息，她就像人间蒸发了一样。

我焦躁不安，心头犹如十万只蚂蚁在盘旋。那几天联系不到她，我就老往网吧里面钻。

终于，在第二天的傍晚，当我正呆呆地看着窗外的桃树时，手机铃声响起。

是雪给我打来的电话。

心头有些激动。

不等她开口，我就先问她：

"雪，你怎么这几天像消失了一样，打电话给你好像一直都关机，你知道我有多着急吗？以为你出事了！"

"哦，我……这几天的确遇到了一些事，我想一个人安静一下。"她语气柔和，却显得身心疲惫。

"是因为他的原因吗？"

"谁？"

"一个叫'东'的人。"

"你怎么会知道？"她有些不高兴地问。

"他加我QQ，找我谈过。"

"他找你谈？"雪此时显得有些惊讶，"你们谈什么？"

"自然是你啊！"

"他真是有些变态了。"她像是喃喃自语，"风，你别理会他。他现在已经有些走火入魔，丧心病狂了。那天晚上，他一直跟踪我，你打电话给我的时候，他正在追着我跑。"

"为什么要追你？"

"他喜欢我，所以他要追我啊！"她略带幽默地笑道。

我想那时那个东的确是走火入魔，丧心病狂了，之所以会那样完全是因为雪，

情深未完成

因为他认为他已经失去了雪。后来听她说,他为了挽回这段即将逝去的感情,毅然照顾她生病的妈妈整整一个星期,但终究还是没有留住她。

"即使他和我说过什么,你也不必在意,因为我不会为他所左右,但我想知道,你们之间是什么关系。"我想了又想,觉得还是问清楚比较好。

雪沉默片刻,迟迟没有答复,终于在纠结长久后和我说起了她和东的故事。

一次,她和几个朋友到某酒吧喝酒,在那里,认识了东。因为有小流氓上前骚扰,东和他的朋友仗义出手上演了英雄救美,由此他们认识了。

"那你们就在一起了吗?"我问。

"刚开始的时候,他还是蛮好的,处处都表现得很像个男人,只是说和我做朋友,其间见面过好多次。按照一般逻辑,他也许会对我有非分之想,可是,他从来没有对我表现出非礼的行为,还抱歉地对我说那天谎称我是他女朋友是迫不得已,叫我别往心里去。一连三个月,他总是那么有君子之风,对我处处关心,却对我从无要求。终于有一次,我生病了,他不去工作,就守在我病床前守了一天。我被他感动了,做了他的女朋友。"雪慢慢和我说着。

我也感觉这个叫东的男子很不一般,不仅有很强的定力,也有足够的思想和深度,不会轻易地显山露水,这才是真正的情场高手。我心中暗赞。

"然后呢?"这些故事并不让我感觉愉快,但我仍然想听下去,"你们现在是什么关系?还在一起吗?"

"没有了。我已经和他分手了。"雪有些忧伤地说。

"为什么?"我问。

"金玉其外,败絮其中。在没有得到的时候,他总是那么优雅,那么大气,活脱脱一个正人君子,但是一旦得到了,他就会原形毕露。在一起几个月以后,他就暴露了本性,不再那么温文尔雅,不再那么处处呵护,原来那些只是为了得到我而做出的表象。他经常去夜场混迹,和不少女孩子都风花雪月,我最讨厌的就是薄情的人。"

"哦!"我叹息一声道,"螳螂捕蝉,黄雀在后。你躲过了小流氓,却没躲过老流氓啊！这个东，才是真正有思想深度的文化流氓。小流氓是螳螂，老流氓才是黄雀。"

"什么小流氓老流氓的，你才是流氓呢，哈哈！"

"我？！"我顿时无语了，"我怎么是流氓了？"

"开玩笑啦！我已经和他说清楚了，告诉他我有新的男朋友了，他在云南，我要去云南找他。"她想了想又笑说，"我说的那个人，就是你啊！"

我忽然觉得有些郁闷，不知怎么，问她道："雪，我可以问你一个问题吗？"

"嗯，你说。"

"不许生气。"

"好。"

"你们有没有很亲密过？"

雪沉默良久，没有作声，忽然问我："有又怎样，没有又怎样？难道我说有，你就不理我了？嫌弃我了？"

她没有明说，但我已经找到了答案。

"唉。"我悲伤地叹息。

虽然隔着电话，但雪仍然感到了我些许的失落。

"怎么？失望了？"她生气地问我。

"没有！我只是……只是……随便问问而已。"我有些支吾。

"我不要你虚伪，如果你很介意，那你找别人吧！"

不等我说话，她就坚决地挂断了电话。

在我的印象中，她总是那么富有亲和力，很少会生气，那也是她极少生气的一次。

也许，这也是她所在乎的，是我在无意之间触及了她内心的隐痛，她才会反应如此激烈。

雪挂断了电话，我的心里凉了半截。我在院子里走来走去，有种难以名状的莫名悲凉。

情深未完成

也许，我们总是在苛求完美，而在这世上，根本就没有所谓的完美。

对于完美的境地，越是苛求，越是让自己纠结和痛苦。

后来我想了想，觉得也许是自己太过于苛刻了，在此之前她也并不认识我，我也不认识她，谁也没有权利要求对方为自己守身如玉。

既然世界已经如此悲凉，我又何必再去苛求所谓的完美？

思想斗争了一番之后，我又开始说服自己主动打电话给雪。

"是我。"我说。

"嗯。"她沉默地应了一声。

"雪，我想，你是误会我了。其实，我没那么小气，毕竟咱们之前不认识，我不在乎你的以前，我只在乎我们的以后。"我说得义正词严，但心里带着些许的虚伪。

她沉默了一下道："其实我也不怪你，都怪我自己没有孙悟空的火眼金睛。"

我笑了，随后她又接着说："其实我完全可以不告诉你，但我觉得，爱情就是要真诚，要坦白，不能有一丝一毫的亵渎和虚伪，所以，我对你，不想有任何的掩饰。"

她的这番话一下子让我有所触动。我觉得她就是一个为爱而生的精灵，对于感情，她是一个敬若神明的人。

"爱的时候，就要好好去爱，用心去爱，哪怕刀山火海，也没有任何人事可以阻拦，哪怕为情献身，又有何不可？不爱的时候，就不要口是心非，同床异梦，明明心不在了，既拖累了自己，也耽搁了别人。"她信誓旦旦。

"对，我也感同身受。"

我被她对爱情的这份真诚所感动，深深赞同她的观点。

毕竟爱，难以十全十美。

我们的隔阂终于消除了，但我又要顶着炎炎烈日投入艰苦的劳动中去。

整个漫长的假期，过度的劳动又让我想着去读书了，暗想中国的农民可真是辛苦，每天都去"修地球"，却收入甚微。现在可好，大多数的村民宁愿跑出去打工，也不愿再待在家里种地了。

想想我这些年的生活，究竟是怎么走过来的？

一下子就晃到二十岁了,一个人竟在不知不觉的荒唐中长大了。

我的童年没有欢娱,没有玩具,没有四处游山玩水的畅快。记忆中,父亲总是教导我勤俭节约,甚至还给我穿打着补丁的衣服。历尽艰苦,却始终没有打开我心中的枷锁,并未让我走上命运的坦途。

渐渐地,我迷失了自己,不知道人生的坐标是什么。

天空有湛蓝的忧郁,阳光有明媚的忧伤。

我也不知道,我的生存体现着什么,或者验证着什么。

假期就像那遥不可及的幸福,没来的时候很期盼,期盼到了又觉得没意思。

14

边城·生日·万物生

九月，学校收假，我再次回到边城。当夜车缓缓靠站，我的心情纷乱复杂，有微微的恐惧，也有些许的伤感。我也不知道这是为什么。

不过很多事情虽然事先会怀抱恐惧的心态，但真正应对，也会顺其自然地度过。很快，我又适应了这样的校园生活，不再恐惧。记得那天竞选班长，不知怎么，我竟然自告奋勇主动请缨。新来的班主任是位年轻的女老师，她居然真的让我当班长了。

我的生活像是一下子起了波澜，觉得终于有一点小小的安慰了，心想霉运走这么多年了，也许这次谷底反弹，要交好运了。

那些天我很亢奋，对同学们严格要求，彻底履行班长的职责。但没过几天，我就听小道消息说，有不少的同学都开始反感我，要我好自为之。

我那时心高气傲，有点不识时务，依然故我地按照自己的想法去做，一心想当好这个班长。殊不知，日中则昃，月盈则亏。福祸本相依，好运到了极致，也会转向噩运。

一天清晨,一位住在边城的本地学生迟到了,我说:"你迟到了,这是第三次了。"

"哼,我迟到又怎样?你能拿我怎么办?别以为当个班长就多了不起。告诉你,给你面子,你还可以在这里混,不给你面子,你就得滚。"他的语调无限嚣张,气势飞扬跋扈。

众学生纷纷扭头看我会做出怎样的反应,有的还在偷偷地笑,我顿时觉得很没面子。

虽然同在一个学校,但我和这个学生其实并不怎么接触,大一的时候就互相有些看不惯。我有时候好表现,惹来了不少学生的不满,尤其让这位学生看不顺眼。

当然,我也看不惯他,此人身体肥胖,名叫旺岩,脸若面盆,常常骑着一辆马力十足的"雅马哈"冲驰在校园里,人品不怎么样,其势却嚣张无比。

身后窃窃的笑声,让我觉得刺骨的痛。我意识到,今天如果不拿下此人,以后难以立威服众。

"说话嘴巴放干净点,你以为你是谁?"我憋了一肚子气,很是郁闷,此刻也忍不住有些发作。

"我以为我是你老子,怎样?"他用手指指我的头。

这个举动一下刺伤了我的自尊。

出于本能反应,我一把推开他。他往后退了几步,随后回身收力,猛地一脚朝我胸部踹上来。还好之前在武馆跟着师父学过一段时间的武术,虽然没有学到太多,多少掌握了一些皮毛。我眼疾手快,顺手抱住他踢来那条腿,随后一拉,对方人仰马翻摔倒在地,头顶碰到了后面的黑板,貌似撞出了一个包。

"啊!"他大叫一声,用手摸头顶。

旺岩被我彻底激怒了,伸手抬起身旁的一条板凳就朝我冲了上来。见他气势汹汹地朝我扑了上来,眼见形势不妙,躲闪不及,我只好迎战,也抄起一条板凳朝他迎了上去。

"砰砰"两声巨响,两条板凳伴随着呼呼的风声和气流相撞,顿时裂开,众学生惊呼。我的虎口被震得隐隐作痛。

紧接着，双方互相拿着手里残存的凳子腿朝对方身上捶，不少学生都吓得跑了出去。

不一会儿，学校老师和保安赶到教室，把我们拉开。

旺岩仍然不肯罢休，手持一条凳子腿朝我叫嚣："小子你给我记住了，咱们走着瞧。我要让你在边城无立足之地。"

就这样，我被无形地卷入一场边城的争霸战中。

那一天，我没有任何心情上课，老师在讲什么我也根本听不进去，简直是一头雾水。

我有感郁闷惶恐，自己于此地人生地不熟，得罪了当地的流氓，必是吃不了兜着走。加之有学生和我说，旺岩是边城流氓中的老大，他绝不会善罢甘休。有的还劝我早些离开边城。

坐在一棵棕榈树下，飞花和落叶擦身而下。我觉得思绪很凌乱，事情发生得有些突然，让我有些措手不及。

边城不像老家，在老家的时候，我也曾在忧虑和混乱中度过漫漫时光，那几年学校秩序也不好，但毕竟不像边城这样没谱。

俗话说，穷山恶水出刁民。我知道，尽管边城人未必都是刁民，但边城之于我还是较为陌生。

我是否因此要自动溃逃？

可好不容易熬到大二，难道因为一个边城流氓就要让自己放弃学业？那也太不值了，又岂是男子汉的作为！

我没有离开边城，仍旧我行我素地上课学习。我曾经找过学校保安，和他们说有学生可能会对我实施人身攻击，请求帮助，可是学校保安说："威胁你的人并没有出现，等出现了再说吧！"

我极为郁闷，心里暗骂等我出事了再找你们还有什么用！

那几天，旺岩时不时旷课，并没有明显表现出过激的行为，可我却无时无刻不在提防。我知道，这件事不可能就这么算了。

一连几天，相安无事。难道，是我自己心胸狭窄，真的以小人之心度君子之腹？还是他，真的不与我计较了？

偶尔见面的时候，他的目光诡异阴毒，却并没有和我正面冲突，我并不知道他是什么意思，既然都井水不犯河水，我也并未在意。

时间过得很快，一个月的时间转瞬即逝，中秋节就快要到了，我的生日也快到了，就在中秋节后的第三天。我的生日也是雪的生日。看着夜空圆月，我感觉岁月静好，一切安宁。

我所提防的人，迟迟没有对我动手，他似乎并未对我构成威胁，除了不和我说话之外，看似并没有什么恶意。

我甚至想过主动和他讲话并向他道歉，无论谁对谁错，都退一步海阔天空。

中秋节那天，我主持了一次班级中秋晚会，晚上给父母打了电话。

中秋节后的第三天，我们的生日就到了。凌晨，我们互相发短信祝彼此生日快乐。那天夜里很奇怪，我做了一夜凌乱的噩梦，由很多个片段组成。梦中，我和雪相遇了，我们紧紧相拥，但忽然间，不知道从哪里窜出来一群人，手里握着几尺长的砍刀，追着我们气势汹汹地砍了过来。不知道我们谁被砍到了，那一路上尽是淋漓的鲜血。我们钻进了山间的一片树林，但雪却怎么也走不动。我俯下身，将她安然地搂在怀里，她的嘴角泛着血沫，呼吸都显得极其困难。她那幽幽柔柔的目光无比安详和幸福地看着我道："我不行了，风，但我终于见到你了，我们终于相会了，即使死在此刻，我也心满意足了。如果我死了，你还会记得我吗？"

"会的，如果你死去，那我会陪你一起死。"我泪眼婆娑。

她的嘴角忽然浮现出一丝安然幸福的微笑，那笑容，是那么的清澈和干净，仿佛早已看破生死，早已超脱红尘。

她就那样微笑地看着我，目光中溢满千般柔情。

正在此时，一把刀带着凛冽的风声朝我的头颅砍来……

我吓得一身冷汗，当时就一下子从梦中惊醒。

醒来的时候发现周围是一片黑暗,万象死寂。我忽然感到很害怕,摸索着墙壁,打开灯,心头才稍微平和。

梦醒之后,我庆幸,那只是一个梦,但我不明白为什么要做这样的梦,难道,真的是日有所思,夜有所虑?难道,我真的就这么牵肠挂肚地爱上了一个几乎陌生的熟悉人,抑或,熟悉的陌生人?我有些难以理解自己。

那天清晨起来,我还是告诉自己,已经年满二十一岁了,要更加成熟,更加理智地去面对生活和迎接挑战。

不知道为什么,那天我的眼皮一直在跳。

雪给我打过一个电话,满怀歉意地和我说:"风,对不起,你的生日快到了,我不能陪在你身边,以后我一定会补偿你的。"

我笑笑道:"没事,我也一样,不能陪在你身边过生日,但我们有那份心意就行了。"

雪说:"今晚生日,我请了好多人一起开Party,如果你在就好了。"

"我想会有那一天的,我们还要生生世世在一起呢!以后每年都一起过生日。"我说。

她笑了。

"我也请了朋友一起吃饭。"我说道,"我们先各忙各的,等忙完再联系。"

八月未央,丹桂飘香。

那天晚上,我请了几个老乡和朋友一起去吃饭,大家谈笑风生,其乐融融。直到晚间九点多,大家才离开餐馆回学校。

刚才吃饭时都喝了点酒,大家走在路上有说有笑,有几个走路都有些不稳。

学校位于市郊,徒步行走需要穿行过几条幽静的街道。距离学校大概两公里的那条街道,两旁植被茂密,生长着蓖麻、棕榈树等,而那些巨大的棕榈树,树干光滑整洁,上面枝叶分叉,在夜晚显得很是幽静。

在不远处,就是一片广袤的田野。原野的风,从四面八方吹来,令我忽然感受到一阵寒意。

树上有枯黄的落叶飘落下来。

街道上人影寥落，这样的城市，比不上大都市的繁华，显得地广人稀。

忽然，几辆摩托车伴随着巨大的轰鸣声加足马力冲了过来。

我们一行人驻足回望，只当是一些喝了酒的狂徒耍酒疯飙车。

让我们没有想到的是，那五六辆摩托车直奔我疾驰而来，随后将我们团团围住。

车上的人凶神恶煞，一看就知道并非善类。我的眼睛迎着光线，一时没能看得太清楚。我用手遮着眼睛，眯眼望去，忽然发现车上一张熟悉的脸孔——旺岩。

我知道大事不妙，原以为他会就此罢休，现在看来，是我乐观了。

看起来更吓人的是，他们的摩托车后面还放着几把砍刀。

车上下来了十几个人，街道旁的路灯闪着森白的灯光，映照着那寒光闪闪的利刃。

"姓沈的，滚过来受死。"旺岩下了摩托车，抽出一把约有三尺长的砍刀，刀尖指向我胸口，冲我大吼道。

我们这行人里，有人吓得直打哆嗦，有几个小女生已经吓得轻微哭泣起来。

我不怪他们，毕竟人嘛，遇到危险状况都有恐惧心理。我本来想和旺岩说："你要找就找我一个人，这事情和他们没关系，让他们走。"

可是不等我开口，我的一位朋友就大声道："各位大哥，这事情和我们没关系，你们要找姓沈的，就找他一个人好了。"

旺岩神色轻蔑道："你们和他是什么关系？"

"朋友。"

"他的朋友就是我的敌人。"

"不，不，只是老乡而已，就同一个地方的。他请我们吃饭我们给他个面子而已。本来都不想来的，和他又不很熟。"

另一个老乡直接道："我们只是有一点点认识，其实没有任何关系。"

"那你们今晚都看见什么了？"旺岩问。

"没看见。什么都没看见。什么都不知道。"我的朋友们异口同声地回答。

世事冷如秋风，人情薄如蝉翼，是敌是友瞬间即可改变。

我心里暗骂，真是有酒有肉是朋友，大难临头各自飞。刚才还兄弟情谊，无悔今生的，现在就什么都不是了，连朋友都不是。

转眼之间，一行人全部都走脱了，就剩下我孤零零地伫立于晦暗冷清的街道。

我抬头看着天上的月亮。今天是我的生日，那月亮好圆好圆。

不远处的高楼闪耀着璀璨灯火，城市安静依旧。

忽然，一记重拳砸在我脸上，紧接着又是狠狠的一脚，直接踹到了腹部。我捂着肚子蹲了下去，嘴角流出了血水。

我抬头，又是飞来的一脚。

这次我的头部遭受了重创，感觉天旋地转，一下子昏倒在地。

"打！"一群人顿时围了上来，拳脚犹如雨点一般落在我的身上。

"把他扶起来。"旺岩对他带来的人说。

两个家伙把我扶了起来，不知要干什么。没想到这两个人一人扶住我一边，旺岩退后到十几米以外的地方，助跑，起身，一个顶膝直接顶到了我胸口。

我的胸膛里顿时五味陈杂，感觉就要碎裂一般。

我倒在地上，隐约听见有人说："算了，差不多了，别弄出人命来。"

几辆摩托车轰鸣呼啸着扬长而去。

我的意识已经变得模糊，起初感觉浑身疼痛，后来好像失去知觉。

也不知道过了多久，我逐渐恢复了意识，庆幸自己还活着。

趴在边城的泥土上，背后的风凛凛地吹过，树叶被吹得沙沙作响，一辆货车从我身边疾驰而过。

我嗅到了泥土的气息，感受到了自然界的万物生发，人世间的周而复始……

这里不仅仅是一座地理上的边城，也是我人生中的边城。在这座陌生而又冰冷的边城，谁又会在乎我？谁又会心疼我？此刻，就算我死在这里，又有谁会知道？

我缓慢地爬到一棵棕榈树的旁边，斜倚着光滑的树干，全身像散架了一般，一滴泪顺着脸颊无声落下。

15

仇恨

皎洁的月光打在我脸上，看着天边的圆月，无数张面孔浮现在我的眼前。二十一年前的今天，我来到了这个尘世。

父母的面孔、姐姐的面孔、雪的面孔，他们都在关切地看着我，注视着我，凝望着我。

我拭去眼角的泪滴，艰难地站起身，已经是夜晚十点。

我的双腿像是灌满了铅，每走一步都钻心的疼。

走到街边，我叫停一辆出租车，让他随便带我去一家诊所。

医生给我喝盐水，恢复体力，又帮我打吊针，建议我最好明天去大医院做检查。

那夜打完吊针已经接近十二点。我没有回学校，随便找了一家边城旅馆。

一个人住进一间房间，我忽然觉得很清净。

雪随后给我打来了电话。

"风，你还好吗？"

我没有回答，有些想哭，但想了想还是忍住了。我可以对着无人的墙壁放声大哭，可以对着八月未央的天空尽情呐喊，可是我不能在她的面前哭哭啼啼。

"还好。"沉默了一会儿，我回答。

"有事？"

"没有，我挺好的。今天晚上我还请一些朋友一起吃饭，刚才又去溜冰，不小心滑倒了，明天去医院看看。"

"哦，我本来想早点和你聊聊，但你说你今晚要请朋友一起玩，不想打搅你，刚才给你发短信，你也没回。你现在还疼吗？"

"不疼！男儿有泪不轻弹，受这点伤算什么！有你这么关心我，伤痛也是幸福了。"

在无人理会我的时候，在我被上帝遗忘的时候，是一个来自虚拟空间的女孩，在遥远的地方，每天都来关心我，虽然我还从来没有真正见过她，可是，我已经真真切切地感受到她的存在，她就像我生活的一部分。我已习惯用这样的方式和她交流，用这样的心情去等待。

万恶的生活也好似变得多了一份微渺的希望。

我硬撑着身体拖到第二天，天明的时候就赶到了医院。我被检查出多处骨折，在医院躺了快半个月才痊愈，期间旺岩带人到医院找过我，貌似想用钱来摆平。他的意思很明确，要么他赔钱，要么我报案，但要是报案，这件事可就没完了。

最终我妥协了，因为我实在想不出更好的解决办法。我孤独地躺在病床上，对这个世界的绝望感更加剧增，对人性的丑恶以及凶悍更加质疑。旺岩支付了我的医药费，给了我精神损失费，此事最后不了了之。

从那以后，仇恨和愤怒充斥着我火热的内心。我一心想要报仇，曾试想过无数种办法，以便雪耻。

但我衡量了一下，距离毕业还有一段时间，现在要是出了什么岔子，估计在边城也混不下去了，毕业证也拿不到了。左思右想之后，还是决定暂且隐忍，等待机会。现在唯一能做的，就是锻炼出超强的体魄，能够以一敌十。我又想到了教我武术的师父。我已经很久没有找他学习武术了。

再次回到武馆，我表现出异常的狠劲，让我的师父都有些吃惊。我知道，那是因为我的内心升腾起一团愤怒的烈火，它在灼烤着我。可迄今为止，除了基本拳法和力量训练，师父再无其他高招相授。我要的是能够以一敌十，能够纵横捭阖的真功夫。我不由向师父抱怨道："再这样下去，我何时才能练成真正的武术？我不想练了。"

师父看了我一眼，对我说："我看出了你眼中的怒火。集中你所有的意念，发泄你所有的气力，把我当成你的敌人，向我进攻。"

他的目光如炬，我也初生牛犊不惧虎，大喝一声扑了过去。我把他当成了假想敌，当成了旺岩，当成了所有我恨的人，气势汹汹地呼啸着拳脚朝他扑了过去。

可是结果却很惨，尽管我如此尽力，但不得不承认，我的爆发力在他的面前起不到丝毫的作用。他似乎总能提前判断出我的拳脚，没超过一分钟，我就被他打倒在地。

"冰冻三尺，非一日之寒；水滴石穿，非一日之功。上乘的武学，又怎么可能在一朝一夕练就？你太心切，可是越急于求成，往往欲速则不达。不练好基本功，再好的招式，也都是花架子。"

我暗自叹息，心里无限伤感。觉得世事如霜，事事艰难。

他看着我沮丧的神情，扶我起来，坐到一边。

"聊聊天吧！你有心事？"

"嗯。"

"你为什么找我学习武术？"

"为了锻炼出超强的体魄，练成真正以一敌十的功夫。"

"练成之后又要干什么？"

"报仇。"

"你学武术只为了仇恨？"

"是。"

"那我告诉你，你不用练了，你不适合。"

"哼。"我气急败坏，扔下拳击手套，头也不回地走出了武馆。

16

尾生之约

现实苦闷，网络上的她成了我内心唯一的安慰。她仍旧与我隔着那层虚拟的网络热心地交流着。我逐渐也融入这虚拟的交流之中，并且身心合一。唯有与她促膝谈心，才会让我暂时忘记伤与痛。

我常常整夜整夜失眠，时常担心会成为这个社会的弃物，所以当有那么一个虚拟人物，正符合我心中圣洁的形象，几乎一尘不染地出现在我的生活之中，安静地聆听我，真切地关心我，让我感受到无限的温暖。

我真切地感受到，这个虚拟人物，这个远离我的人，就形影不离地伴随在我的身边。她牵着我的手，一直在陪伴我走过无望的漫漫长路。

哪怕，这只是一个梦，我也愿这个梦长醉不醒。

一年后——

此时花落，彼时花开。

时间已经是大二的下学期了。

我仍旧与雪保持着热切的联系，与之进行的虚幻恋爱更加变得亦真亦幻。

哲学上说量变到了一定程度就会引起质变。我和雪也走到了这个阶段。

故事的转折发生在这个寒冷的冬季。

北风凛冽，隆冬将至。

边城的寒冬虽没有雪，但总有一种快要下雪却又欲落未落的感觉。

洛雪曾经在一年前说过会来云南找我，但她失言了。

终于，在一年后的那个隆冬十二月，她履行了她的诺言，真的孤身一人从北京来到了她从未涉足的云南。为了兑现诺言来云南找我，她承受了巨大的压力。随着我和她交往的深入，她的家长由起初的怀疑变为难以置信。他们轮番说教、训斥，甚至切断了网络，可是这仍旧阻挡不了一个深陷情网的女孩义无反顾奔赴爱情。

十二月，是我和她的尾生之约。为了履行这个约定，她与家人的关系变得更加恶劣。一次，她在凌晨给我打来电话："风，我想你。现在，你就是我在这个世界上唯一的依靠了。"

"你现在在哪里？一切都还好吧？"

"不好。"她忧伤无比地说："我现在在宾馆住着，一个人偷偷跑出来，没有告诉家里人，他们不让我出来。我现在感觉自己是如此的孤独和迷惘，除了你，再也没有什么好指望的了。连我一直深爱的家人，都对我是如此的无情和不解。"

后来，她告诉我，她的父亲因此还狠狠地打了她一耳光，听得我无比心疼和怜惜。

我问她："为什么会这样？"

情深未完成

"因为他们都不想让我再和你联系,觉得这是一件很荒唐的事情。"她继续道,"真要把虚幻化为现实,需要付出多大的努力和克服多少的困难啊!"

"是啊!"我的内心已经无限惭愧,深知她会走到今天这一步完全是因为我,于是我真诚地说:"雪,我知道,你已经尽力了,可是,毕竟理想生活和残酷现实之间,有些东西或许是我们无法克服的,如果实在不行,我能理解你,也不会责怪你。"

"不。我绝不会再次失信于你。亲爱的,我们已经认识两年了,却一直没有真正见过面,我如果不见你,那我们还有多少青春可以浪费?"她决绝地说。

那一刻,这个女孩的话让我这个故事的男主角深感汗颜。

为什么偏偏要她来找我?为什么她要承担那么多的压力,付出那么多的努力?为什么身为一个男人,我不能去找她?

可当时,我确实是这样的一个男人。一次,她说寄钱给我,让我坐飞机来找她,可是我却害怕外面世界的复杂,怯懦地放弃了。

至今,我仍然准确地记得当时的时间,2008年12月8日。我们约好在昆明见面,她的本意是直接到边城找我,可我在边城混得如此落魄,并不愿意在这里带着复杂的情绪迎接她。

终于,历时两年之久,我和她终于在2008年12月8日那天见面了……

17

虚拟现实化

　　我向学校请了十天假,说家里有事,提前一天来到了昆明,随便就找了家旅馆睡了一夜。其实,那一夜我并没睡好,心中千头万绪,既有微微的激动和期盼,也有些许的茫然。

　　天还没亮,雪给我打来了电话:"风,快起飞了,大概十点我就到了。"

　　我的心里泛起阵阵喜悦:"我现在马上就去接你。"

　　她娇笑道:"还早呢!你多睡一会儿吧。十点钟的时候,你在机场接我。"

　　"我睡不着了,几乎彻夜无眠。"我实话实说,其实这一夜我睡得很不平静,或许是因为太过期盼,太过心切了,以至于一整夜都处于半睡半醒的状态。

　　"为什么?"

　　"因为你要来了。"

　　她略微沉默了一下,然后对我说:"其实我也是,心里有满满的期待,还有微微的激动。甚至,还有一点点害怕。"

我怕她又想太多再次临时改变主意，急忙对她说道："不怕不怕，你到了这里，我家就是你家，我就是你的依靠。"

我们马上就要见面了，美丽的童话就要变成现实了。其实天还没有亮，我就再也躺不住了，扑腾一下起床，迅速地洗漱完毕，直奔昆明巫家坝机场。

我叫醒旅馆值班员匆匆退房，走到外面感觉天还很黑，大街上行人稀疏。晨冬的寒意袭来，我感觉很凉，却很舒心，那种凉意让我很清醒，很惬意。也许是因为我要见她了，所以感觉一切都那么美好，即使所有单调寻常的一切，也会被我演绎出无尽的诗情画意。

也许即将到来的一刻，将成为我今生难忘的记忆。

我无限期盼，无限等待，终于盼来了雪的飞机。

我站在候机厅里，目光如炬，想象着飞机从蔚蓝的天空缓缓降落，载着我满心期待的人来了。

"各位旅客，从北京飞往昆明的……号航班已经到站……"

"雪，你来了吗？"

"到了。"周围是嘈杂的声音。

"我就站在大厅等你，别走丢了。"

"好的。"

……

"她真的来了？"我喃喃自语。

我赶紧掏出手机打电话，居然传来的是："对不起，你所拨打的电话不在服务区"。

我一下子懵了，不知道这究竟是怎么一回事。

难道，我真的是一个不折不扣的傻瓜？

难道，从始至终，我都是在自娱自乐？

又或者，我被虚无的美色所迷，反成了别人的玩具？

还是……

我不敢再往下想,也不愿再往下想,我不停地拨打那个熟悉的号码,却一直都打不通。

也许,我真的被骗了。我在心里默默地想,忽然感觉自己就像一个套中人,永远都只看见巴掌大的那么一片天,连被耍了都不知道,还一个人在那里痴痴怨怨地等候。

看着机场里人群涌动,人们都接到了自己的亲朋好友,而我满心的期待却化作无限的失落,孤独苍凉地行走在大厅里,始终感觉自己像个傻子。忽然,我转念一想,不会的,直觉告诉我,她不会骗我。

一定是出了什么意外。

焦虑,困惑,纠结……

我的心情也随着时间的推移而逐渐冷却。

我开始相信,也许我真的被耍了。

我眼角聚集着沮丧和失落的泪水,呼之欲出。

走出机场大厅,艳阳高照,似乎每个路人都喜形于色,而我的心却一下子落到了谷底。

忽然,手机铃声响起,我听到对方的声音。

"风,是我。"我的心头咯噔一下,无论如何,也要她给我一个说法。

"怎么回事啊?为什么我到处找都找不到你?你到底来云南没有?无论如何,你都要给我一个说法。要不然,我和你没完。你这个骗子,欺世盗名的骗子……"不等她开口,我就声色俱厉。

电话那边,传来了她委屈的声音:"你先听我说好不好!我现在已经在昆明了,刚要下飞机,手机就没电了。人太多太拥挤,我找不到你。"

"哦。"我心中觉得愧疚,为刚才的言辞过激深感歉意,"原来是这样,那对不起,都是我的错,我向你道歉。请你别怪我,我之所以那么说,也是因为太在乎你,以为你没有来昆明。"

我接着问:"你现在在哪里?"

"我在机场大门口的一个小超市用公用电话打给你。"她幽幽说道。

我为刚才过激的言行自责不已,同时生出几分怜意:"好,那你就站在那里别动,我马上过来找你。你穿什么颜色的衣服?"

"白色的衣服。"

……

我再次于人流中寻找她说的那个小超市。这时,雪又给我打来了电话:"你在哪儿?"她的语声幽咽,像是要哭了。

我忙说:"不用急,我想我马上就能找到你。"

她想了一下,接着道:"我看见了孔雀,看见了大象。你能看见吗?"

"孔雀?大象?"我心里暗道,不会吧?难道她还真以为云南遍地的孔雀和大象?

"嗯,雕塑啊!孔雀蹲在大象上。"

"哦哦。"我转身回眸,在我身后两百米左右的地方,的确有这样一些显眼的雕塑。"嗯,我也能看见。"

"那我们都去那些孔雀和大象的雕塑前,这样你就能找到我了。"

"好。"

……

满怀激动的心情,我又往回狂奔了两百米,走到了那些雕塑前。

我终于看见了一个一袭白衣的女子,袅娜娉婷地站在那些雕塑前,神色有些许焦躁。只见她体态婀娜,青丝如缎,穿着极为讲究,还戴着一条白色的水晶项链。我在心中浮起一阵窃喜,这就是雪,就是我此刻要找的人,就是我一直在等的人。

她左顾右盼,显然是在等待我的到来,比及网络上的照片,我感觉真人版的雪更加青春貌美。

我放慢脚步,眼神始终没有离开雕塑前的白衣女子。我在想应该如何开口和她说第一句话。

她已为我奔走千里,我又岂能再把她当做普通朋友？那样的话,反倒显得生疏。我应该把她当做真正久别重逢的恋人。

　　想到这儿，我加快了脚步。随着我们拉近了距离，她也能看见我，并且意识到我是谁了。

　　她睁着乌黑的大眼睛紧紧盯着我，我的目光也定格在她的脸上。

　　她的目光含情脉脉，恍若秋水。

　　走近了……

　　五十米……

　　二十米……

　　十米……

　　我行至她面前，顿时，眉目之间，电光石火。

　　所有的思念奔涌而至，所有的埋怨灰飞烟灭。

　　犹如枯木遇见春风，久旱又降甘霖。

18

胭脂红，竹叶青

"雪。"

我呼唤她的名字。

"风。"她的美目中伴有泪水，"你是风？"

"是。我是风，就是你要等的人。"我说，看着眼前的女孩。她真的是天生丽质，给人的感觉如扑面而来的清风，但这一路旅途的劳顿，令她的神态稍显疲惫。

看着她风尘仆仆的样子，我忽然觉得很揪心。

我知道，她是为了我，才承受这么多的压力，又只身一人到了这么远的地方冒险。

想到这，我心潮起伏，冲了上去，一把将她紧紧抱在怀里。

初时，她感觉很突然，还有些茫然不知所措的紧张和局促。

片刻之后，她安静下来，也伸手搂住了我。

我暗自开心地笑了。

这样的举动太过拉风，引来了周围人的迅速围观。

她身上散发着淡淡清香，我抚在她耳畔说："我们先找个地方落脚吧，你这一路辛苦了。"

她点了点头。

"为什么这些雕塑那么奇怪？"她眨巴着眼睛问。

"嗯，怎么奇怪了？"

"孔雀雕在大象上，呵呵，有意思。"

"哦，这个啊……孔雀象征云南女人的美貌，大象象征云南男人的力量，总之，就是云南的特色宣传吧！确实挺有创意。"我笑道。

"哦，那你也像大象？"

"啊！"我默然地笑笑，"那好啊，你做孔雀，我做大象吧！"

她也笑了起来。

……

就这样，我牵着她的手，一起离开了机场。

走在喧闹的长街，我忽然像是变换了角色一般，刚才还是一个孤独的流浪者，此刻有佳人在侧，路上不少行人向我投来羡慕的目光。

我想搂住她，她忽然有些拘谨，悄声对我说："路上人好多，别让人说咱们影响市容。"

我牵着她的手漫无目的地走，随后走进一家宾馆。

她进了房间，找到插座给手机充上电后，就一下子躺倒在卧室的大床上。也许真的是太累了，她微微闭上眼睛，想要休息一会儿。

看着她凝脂一般的容颜，微闭的双眼上覆盖着长长的睫毛，清纯得犹如歌声中所唱的雪莲花。

忽然，她睁开双眼看着我，眼神澄净而又柔和，恍若一池清澈见底的秋水。

"我和你想象中的一样吗？"她问我。

"嗯，超出想象好几倍。我以为现在的女孩子大多真人不如照片，但你却不是。"我边说边坐到她身边。

她开心地笑了："你说你写了好多首给我的诗，是吗？"

我抬眼看她笑笑道："是啊！"接着打开背包，拿出那本手写的诗稿，郑重地交到她手里道："每一首诗，每一句话，都关于你。我害怕自己被寂寞谋杀，把对你的每一份思念和想象，都转换成了语言。希望有朝一日你能看到。"

她会心地看着我，轻轻打开那本日记，一页页地翻看着，眼神之中充满了温柔和感动。

"我在等你，此刻，天籁寂寂，唯有，夜的清音，月的流云。今夜，不想安睡，蔷薇花开，我的思念，也在幽深的午夜，渐次绽开。"

……

她轻声地诵读。

"我知道，这也许并不算是真正的诗，但至少，它真切地代表了我对你的心声，我不要别人知道，只愿你能看懂。"我说。

她看着我，轻声地笑了笑，目光中浮动着流云，轻轻依靠在我肩膀，也许她千里而来，本来就是为了寻找一个依靠。

她醉人的神态，让我有种浑身酥麻和触电的感觉。

"我原本想，那么遥远，感觉就像一个童话或者寓言，说实话，我想过放弃，只愿化作一段美好的记忆，可又想，这对你或许会很残忍，我不忍心伤害你。当和你失去联系的时候，我又感到，你早已封存在我的心里。"

她的目光闪过一丝狡黠，忽然问我："你说说，想我的时候是什么感觉？"

透过窗外，看到的是城市密集的高楼："我感觉这个世界很物质，很狭窄。每个人都像是被困在钢筋水泥的格子间里。偶尔想想你，就觉得生活多了份温馨和甜蜜。那感觉很好，就像一只飞鸟冲出了笼子，盘旋在一片森林和湖水的上空，很自由，很释然。"

"你是村上春树的书看多了吧？"

"没有哦！这是我的真实感觉，不需要看别人的书，情由心生。每个人的心中，都会有一片挪威的森林。"

她笑了，那笑容让我想到了暖冬那明媚的阳光，柔缓地打在我的心窝。

看着她阳光明媚地朝我笑，我鼓起勇气轻轻地搂住她，感觉连自己的手都在微微颤抖，但满心都洋溢着幸福的感觉。

看着她美丽的容颜，我不由轻轻抚摸着她的腰身。忽然，觉得这一切都很梦幻，直叹自己是否又是躺在边城的破宿舍里坐着白日梦。

我掐了掐自己的双手，感觉到真实的疼痛，又问依偎在我身旁的她："我是不是在做梦？"

她似笑非笑地说："是啊，我们都在做同一个梦。"

"呵呵，你逗我。"我忽然伸手到她的胳膊下挠痒痒，她叫一声后忍不住咯咯笑个不停。

"应该不是做梦吧？都听见你笑得这么开心。"我诡异地傻笑。

她拉着我的手和我说："别弄了，别弄了，你真是居心叵测。再弄我我不理你了。"

我也笑着躺下想休息一会儿。她忽然拉住我的一只手，报复似的也挠起我来。我立即转身又挠她，又是腋窝又是脚底板。她被我弄得直讨饶，最后语气柔柔地撒娇说："我错了，我错了，再也不敢了，你别挠我了。"

我哈哈大笑。

夜幕很快降临，我感觉那一天是我过得最快的一天。

为了避免无聊，我们到楼下买了扑克和简易象棋。扑克是我买的，象棋是她买的。

当雪问我会不会下棋的时候，我赧然一笑道："不会。"

于是，她兴冲冲地和我说："风，你可真笨，都这么大了还不会下象棋，我来教你。"

那天，我跟她学了一晚上的象棋，掌握了下象棋的基本知识。可以说，她是

情深未完成

我的象棋启蒙老师。

我学会了基本的走位，就觉得一通百通了，于是和她说："师父，来，我和你下一场，你不要让我哦！"

但一连下了两场，我都被秒杀在几步之内。

我的自尊心有些受挫。

她似乎看穿了我的心思，笑着对我说："这没什么，你已经很聪明了。来，再下一盘。"

最后那一盘我下得异常开心，没有再被她秒杀，而且还走了很多步。雪微微低头做出思考状，夸我下得好。

"鏖战"之后，我竟然赢了。她笑着和我说："风，你真聪明。这才学了几个小时就把我打败了。"

我心里美滋滋的，但后来才知道了，那是她故意让着我，给我面子和尊严。

那晚，我和她一直玩到很晚，大概到午夜十二点，才想起要睡觉。

和心仪的人共处一室，就连房间的空气都充满了暧昧。她闪亮的眸子里闪现着流光，乌黑的长发散发出淡淡的清香，言语之间，吐气如兰。

我的内心很纠结，可又不知道应该怎样去做。

而雪，洗漱完毕之后就和我说她想睡了，确实有些疲惫。

我说，"好，那你好好休息。"

她问我："风，那你呢？"

"我……"我想了一下，和她说："你就睡床上，我不累，坐着看看书。"

"不……我不是那个意思。我是问你想不想睡了？"

我没说话。其实我也累了，从滇西乘车一路上来，兴奋得几乎一夜未眠，怎能不累？

她看着我，目光柔柔道："那哪行！你坐车也累了。一人睡一边吧！"

19

漫漫长夜

那夜,她睡得很沉,也许确实很累了。夜色中,我看着她的脸颊,伸手去抚摸,感觉幸福溢满了全身。

第二天,当我睁开双眼时,天色大亮。我看见雪拉开窗帘,安静地看着窗外,清晨的阳光照射进来,打在她身上,愈发显得人妩媚。

那一刻,我明白了,原来爱,如此美妙,不一定要占有,只需远观便可令人心旷神怡。

我轻咳了两声,她转身回眸,那眸子犹如一泓秋水:"你醒了?"

"嗯。"我点点头:"一直在看你。"

"你总是这样?让我都不好意思了。"她有些撒娇地走到我身边。

"真的,雪,说心里话,你就像一袭和煦清风,就像边城漫漫长夜里的明灯,就像盛夏时节满树的繁花和静秋之夜无垠的秋水。"

"我知道,你是真的喜欢我。"她的眼睛有些微微的湿润,"你的眼神不会撒谎。

以前我经历的男孩在交往时，总免不了非分之想，可是你却不一样，你让我感觉与众不同。"

她微微朝我靠过来，我的心狂跳不止。她伸手轻轻摸了摸我的脸颊，然后俯身与我相吻。

像烈火，也像冰峰。

……

走出宾馆吃午饭的时候，她已不再拘谨，显得自然多了。

此刻，我们真真正正地走到了一起，成为实实在在的恋人。

我们手挽着手，肩并着肩行走在喧闹的大街上。我忽然觉得很幸福，所谓的幸福，不过是一种内心的安逸和满足。

我本想随便吃点什么，但是雪坚持要请我吃大餐，说："好不容易见到你，我得好好请你一顿。"

我忽然有些羞涩了，这话让我觉得有些尴尬，毕竟自己是男的，怎么能让女朋友请客呢？

"我请吧！你不远千里为我而来，我也要尽些地主之谊。"

她微笑："你有那份心意就行了，你还是学生，我怎么忍心花你的钱？"

我还想说什么，她忽然拉着我的手说："风，瞧，前面那餐馆感觉不错。走。"

这是一家环境不错的餐馆，风格古色古香，笙歌悠扬。她点了满满一桌子丰盛的菜，让我瞠目结舌。

"没必要这么多吧？足够一桌子人吃了。"我看着她说。

"没事，我随便吃一点。我想看着你吃完。"她轻声说。

"寂寞的人，空虚的胃，哪里装得下？"我说。

她忽然低头沉思，对我说："其实，我一直觉得很愧对你，感觉像是欠了你什么，所以希望现在好好补偿你。"

"愧对我？为什么？"

"因为我让你寂寞了。我和你恋爱却不能给予你，不能帮助你，甚至不能陪在你身边。我拖累你两年了！"雅间外有幽咽的琴声，听得我格外伤感。

听了她的话，我想想道："好事多磨，有失必有得，能遇到你就是上天对我的一种补偿吧！"

她笑了。

……

第二天，我们离开了喧嚣的市区，乘车去了一个美丽的地方，那里有山，有水，有山寺，还有典型的西南喀斯特地貌形成的溶洞。洞内遍布奇绝异石，本应溟濛幽暗之处，却还流淌着一条地下河，有专门的小船供游人观赏乘坐。我们泛舟河内，赞叹着自然的鬼斧神工。

群山环抱中，我们倾听山寺的钟声，坐在沿途小道的石板上休憩。我突然有种恍若隔世的感觉。随后，一种莫名的悲伤浮上我的心头，隐约中仿佛有人在我耳畔悠悠相告："红尘寂寥，这一切都是假象。"我有种不寒而栗的感觉，一下又将她紧紧抱在怀里，忽然很害怕眼前的一切变为虚化。

"风，你怎么了？"她紧紧地依偎着我，关切地问。

我凝视着她的双眼，信誓旦旦道："让我再对你说一句话，让这苍山绿水倾听，苍天大地作证。"

"你说吧！"雪睁大眼睛很认真地听。

"我爱你，我爱你，我爱你，我爱你，我爱你，我爱你……"

她轻轻地靠近我，眼角泪光闪闪，嘴唇贴在我耳畔轻声对我说："我听见了。你不是用嘴说，而是用心说，还有这苍山绿水的倾听，苍天大地的作证。"

"今天的所有都会化为乌有吗？"

"千年之后，我们都会化为乌有，但今天的一切却是亘古不变的。"

她捧起我的手，像小狗一样含着我的手指，忽然冲我狡黠地一笑。

我只觉无名指传来一股钻心的疼痛，满是无奈地问她："为什么要咬破我的手指？"

"这样，你就不会觉得这是虚幻，你就会无比深刻地记住我，记住今天的一切。

这些际遇都是真实存在的，记住在这茫茫尘世中，还有一个人，曾经真真切切地思念过你，爱过你。"

我忽然紧紧抱住她，知道了什么是真情，什么是爱恋。即使这个世界上所有的人都背叛了你，至少还有这样一个人，依然在你的背后默默地看着你，想着你，支持你。

也许它会很狭隘，却会很纯真。

在那短短的一天里，我是那么纯真和快乐，因为感受到了红尘之爱，感受到了冷酷世界中的真情真意。在这个物欲横流的时代，我获得了比黄金钻石都要珍贵的东西。

此时，我身上已没什么钱了，甚至要为回学校的路费发愁。雪却笑着说没事，她带着呢，并且对我说："风，只要是你想去的地方，我们就一起去。"

"用你的钱？"我有些诧异。

"我爱你，哪怕你贫穷不堪。我只为感情，只为你。"

"你总让我感动。"我开心地笑。

"其实我也开心。"她说。

我想也许这就是爱情吧，沉醉其中而怡然自乐，哪怕再多的付出，都会觉得值得，并且无悔。

黄昏，我们找了一处农家院住下，背靠苍茫群山，可闻松涛阵阵，天边云霞浮动，这样的景色实在是蔚为壮观。

见我呆呆地站在窗前，雪便走到我身边问："风，你看什么？"

"看这片闪耀着无限美好的森林。"

"我以前没到过云南，总感觉它很遥远，就像桃花源一般，什么蝴蝶泉啊，丽江古城啊，听起来就像洋溢爱情的浪漫境地。"

"现在身临其境，感觉怎样呢？"我问。

"嗯，很好，主要是因为云南有你，有我所爱的人。"她拉着我的手，悠悠地说。

我开心地笑了，幸福甜如蜜。

"才子，外面景色不错，你不是擅长作诗么？本小姐现在要考考你，是否有真才实学，限你马上作诗一首。"

这可难不倒我，虽然我并没有太多的才学，但拼凑几行诗句，还是没有问题的。

"让我想想，总不能让佳人不远千里而来大失所望而归吧？"

沉吟片刻，忽然来了灵感，于是道："有了。"

"看云飘苍山，雨落窗前，长虹贯日，午夜飞雪，万家灯火，人间几许愁怨皆微渺。叹滚滚潮流，密云如墨，冷风骤起，雷霆炸响，闪电劈开，试问谁是英雄真豪杰？"

我气宇轩昂地朗诵出来。

她拍拍手说："好啊，有气势。"

"像是一副对联了，有没有名字？"

"苍烟落照，谁为豪杰？"

"呵呵，我想我没看错人，开始就觉得你与众不同的，现在还觉得你很有思想抱负。也许某一天，你也会叱咤风云的。"

我想了想说："其实，我并不想做什么惊天动地的大事，人生不过区区数十年，我只要有真实的幸福，哪怕平淡无奇，也心满意足。"

"我也是。"她主动俯在我胸前。

"孤身来到云南，就没想过害怕吗？"

"说不怕，那是假话，不过我挺大胆的，呵呵。"她笑说。

"就不怕遇到坏人？"

"前怕狼，后怕虎，那怎么能行呢？生命有时候就是一次冒险。"她说得很坚决，让我感觉这个女孩子在柔美外表下，其实掩藏着一颗坚强的内心。她有着类似江南女孩的灵秀，却也有着北方女孩的大气磅礴。

"你就不怕，迷失在这片难以预料的云南森林？"我故意问。

"不怕，我愿意迷失……"她的目光无限温柔，闪动着流光与魅惑。

情深未完成

20

简单的幸福

接下来的几天，我们几乎走遍了昆明市的所有景区，享受着青春和爱情带来的快乐。

一日晚间散步的时候，路过一家正在营业的酒吧，雪说想进去坐一坐。

酒吧里音乐杂乱，灯光斑驳，人群也显得很是慵懒。

"你想喝什么？"雪问我。

"什么都不想喝，对酒没有兴趣。"

"随便喝一点吧，喝酒也是一种情调。"

她要了一瓶红酒。

服务员打开红酒，酒水盛满了两个高脚杯。

"来，风，碰一个。为了我们轰轰烈烈的爱情故事。"

我不得不承认，我是一个不会品酒的人，酒入喉咙之后，我除了觉得苦涩之外再没别的感觉，总之觉得很难喝，伴随着有些颓废萎靡的音乐，我忽然变得无限伤感起来。

我忽然觉得，我是多么的无能，甚至，还有一点无耻，我不应该忘了，我是一个男人。除了这具空虚的身躯，我现在还剩什么？我一无所有。雪为我远走千里，我没能够主动好好招待她，反而是她为我花费，看着她那恍若秋水的眼睛，我忽然觉得很愧疚，她是这样真诚地对我，爱我，关心我，可是我，却不能给予她任何。等过完这几天，她就要离开我了。

"你怎么了？"雪看出了我眼神中那一闪而过的落寞，这微小的情绪变化也没逃过她的双眼。

"没有。我只是……只是不习惯喝酒，被呛着了而已。"我摆手，用手遮住眼角的忧伤。

"你撒谎。告诉我，你在想什么？"

"我……"我支吾起来，不禁叹息一声。

"我忽然觉得我们是如此渺小，在这个喧嚣的尘世，在这个霓虹闪烁的都市，你不远千里而来找我，可我却不能给予你什么。"

我又想起当她小鸟依人般依偎在我怀里的时候，我是否能像一座大山一样让她依靠？是否能像一棵大树一样为她遮风挡雨？

我的内心很清楚地告诉自己，我不能，至少目前不能。

想到这里，一股忧伤和无奈的情绪顿时笼罩在我的心头。

刹那间，我忽然觉得我们都很可怜。

"我不要你给我什么，我只要你好好爱我。"她闪亮的眸子里浮现出一丝狡黠，笑道，"那就把你自己送给我呗，以后你就是我的了。"

"那你也是我的。"我说。

我笑了。

她也笑了。

"我不在乎你能给我什么。我爱你，与你无关。"她想了想，忽然又说。

情深未完成

这句富有新意的话让我仔细揣摩了一会儿，想到的是她的决绝，她的坚定和坚强。

"你爱我，当然关我的事，因为我也爱你。"我说，"多希望时间永远都停留在这一刻，那样我们就不会有分离，不会有悲伤。"

"风，我们会分开吗？"她眨巴着大眼睛问我。

"那你会离开我吗？"我问她。

"不会。"她说得郑重其事。

"那我们的心，就会永远在一起，没有任何可以阻拦。"我说。

……

我们一起手牵手行走在不知名的长街上，夜凉如水，冷风扑面，我顿感神清气爽，有伊人在侧，一切荣辱皆忘，世俗名利皆可放下。那一刻，我真的忘却了所有的烦恼和浮躁，唯愿那刻长长久久。

"你冷不冷？"冬天的寒风阵阵吹来，让我觉得有些刺骨的寒意。

"不冷。"

"你说幸福是什么？"

"幸福就是牵着你的手和你一起走……"

……

她蹦蹦跳跳地像只欢快的小鹿一样牵着我的手，满脸都洋溢着喜悦。

"雪，和我说说你的故事吧。"虽然此刻我们的关系已经亲密无间，但我除了看到眼前真实的她，对于她的亲人，她的故事，以及她的所有，仍感是一个谜团，她也很少提及。虽然她就在我的眼前，但深邃得却像是一个无底洞。

她稍微想了一下："其实也没什么好说的。"

"哦，那你父亲对你还好吗？"我问。

"不想提了。"

"怎么了？"

"父母离婚了，再也不会像从前了。我妈妈身患重病，我们几个子女苦苦哀求，都劝不了他。"说到这儿，她神情忧郁，好似万念俱灰。

"一念起，万水千山，一念灭，沧海桑田。没有钱万万不行，但有了金钱却也未必快乐。有时候金钱可以让人得到物质的满足，却也难以带来真正的快乐。"我故作深沉。

"我就是这么想的。"

忽然她眨巴着眼睛问我："那你会不会像我父亲一样啊？"

我故意笑说："我倒是想啊。难道你不希望我'万花丛中过，片叶不沾身'吗？"

她略微想了一下，忽然生气道："你要是那样，我就想办法杀了你。"

"杀了我？"我吓出一身冷汗，顿时愕然无语。

"不过是开个玩笑而已，在这个世界上，在这二十年里，除了我的父母亲人，还有谁比你对我更好呢？"我说。

"这还差不多。"她噘着嘴巴。

我想了想，也问她："那如果你辜负我又怎么办？"

"那你就杀了我。"

我愕然无语，心想这可真是一个烈女子。

冬季的夜满布寒意，饭店里人来人往，桌子上的火锅冒着腾腾热气。那一刻，我想到了幸福。

以前我逗女孩子的时候，常常会故意卖官子问人家说："你觉得幸福是什么？"

其实是想让人家反问我，然后我就说："其实我觉得幸福很简单，幸福就是一种感觉，一种自我满足的快乐感觉。我不需要有钱财无数，挥霍无度；不需要有美女如云，红袖添香；我只要有你陪在我身边，牵着你的手，和你一起走，在某个黄昏日落的夕阳下，随便找一家小餐馆，和你一起安静地吃东西，安静地聊天，安静地度过人生的慢慢时光。"

而此刻，我遇到了雪，在一个漫漫寒冬的夜晚和她一起安静地在一起，我却真的体会到了幸福的感觉，一种满足、快乐，且心存感激的感觉。

情深未完成

21

奋斗的心

忽然，一阵急促的电话铃声响起。

见到雪后，我的手机几乎一直处于关机状态，因为我不想被人打扰这份宁静，我知道一定是姐姐打来的。

电话一接通，就听到姐姐怒不可遏的声音："你干吗不接电话？知不知道我们多担心你！"

姐姐是个心直口快的人，典型的"刀子嘴，豆腐心"，每次想起她，我的内心之中总会涌起一阵莫名的感激和感动，我知道我欠她的太多太多。母亲说，从小是姐姐牵着我的手一起长大的，让她记忆犹新的一幕是六岁的姐姐挑着一担水还牵着三岁的我，一起行走在雷雨交加的小路上。我读大学时，刚刚参加工作的姐姐还每月给我生活费。姐姐从小就锻炼出了顽强而又倔强的性格，终于，通过自己的努力，从山村进入城市，在这个喧嚣的都市里找到了一份工作，安家定居，这一路的艰辛跋涉和风尘仆仆，也许只有她自己知道。

我和姐姐说，我很好，不用为我担心。

"你接到你要等的人了吗？"她问我。

"接到了，她现在就在我身边呢。"

雪凑到我耳边听我讲话，悄悄问我："是谁啊？"

"是我姐姐，你和她讲讲话？"

她犹豫了一下，摆手道："不知道说什么好。先不说吧。"

"那你们今晚还来不来？"姐姐问我。

"不来了。"

电话那边依稀听见姐夫笑着对姐姐说："别傻了，打搅你弟弟的好事。"接着他索性结过电话对我说："别听你姐的，能逍遥就逍遥啊，回来干吗！"

……

说起姐夫，我就想起了创业者，想起了贫穷富贵以及荣辱心酸。

记得2006年，我的高考成绩不理想，万念俱灰，姐夫安慰我说考试读书不重要，现在考了什么学校也不重要，重要的是能力。他气宇轩昂地对我说："你看我，现在不和我的同学比考了什么大学，若干年后，我要和他们比资产，比财富。"

当时正在四川读大学的他似乎的确并不把读书当回事。他很聪明，据说读书时候经常旷课，依旧考上了大学。

在校期间，他又无心学习专业知识，一心迷上了做生意，刚开始在学校开酒吧，开书店，与其说是读大学，不如说是在校园里搞社会实践。终于，在即将毕业的前一年"光荣"肄业。

在校时赚了点小钱的他一下子心高气傲，为了讨好我姐，还送我一些少见的玩意儿，彰显他的能力和学识。也是在那个时候，他自觉读书对他已无用处，学校这摊浅水已经满足不了他这条蛟龙了。于是，他自己跑到校长办公室说退学就退学了。

校长愕然无语地摇头叹息："只有一个学年了，你就不能再等等吗？"

情深未完成

"不能等。"他头也不回地走出了校门。

搭乘着由四川回云南的列车，不过几个小时行程，就到了昆明。

2003年深秋的某一天，他走出昆明站，看着浮华的城市，满怀壮志和理想地说："我一定要顶天立地，一定要出人头地。"

那时，姐姐还在昆明读书，生活费只够自己用，谁也帮不了谁。

理想是美好的，可现实却是残酷的，对于没有想好归途就断绝后路的他而言，对此深有体会。

看着喧嚣热闹的城市，却不知道自己要从何做起。无奈之下，他想着凭借自己的三寸不烂之舌去应聘。

他找的第一份工作是帮矿泉水公司送水。在此之前，他为了找份工作糊口，已经足足花费一个月有余。

他在赵家堆租了间破房子，买了个二手电饭煲，吃饭只吃泡菜和腐乳，每天挤破脑袋挖空心思地找工作，以前还经常舞文弄墨地写诗作文，现在为了生计，他已经远离了文学。白天像一只钻洞老鼠一样在拥挤的人才市场里钻来钻去。

"你要干什么？"招聘者满脸不屑问。

"久闻贵公司大名，我能否有幸加入贵公司工作？只要你们给我一个平台，我一定会让你们发现我的价值。"他满怀豪情和信心地自我推荐。

"有没有工作经验？"

"没有。"

"什么学历？"

"大学没毕业。"

"大学毕业的都排成长队，你一个大学没毕业的添什么乱？闪一边去！"招聘者一摆手，像赶苍蝇一样地想把他赶走。

"我虽然没毕业，但我有能力，再苦再累的活我都能干，希望你们能慎重考虑一下。"他意犹未尽，想做最后的努力。

"去你的吧！苦的累的活只要是个人就能干，用不着你。"说罢，还极为不满地嘟哝着："没有档案，没有学历证书，还好意思来找工作？"

姐夫气得涨红了脸，恶狠狠地回应道："你不招聘就算了，谁稀罕你这工作？"

他冲出应聘的人墙，狂奔出人才市场，无语地仰望苍天，咬牙切齿地发誓以后再也不到人才市场找工作。

22

棋局·对弈

那时,姐夫没有工作,没有收入,甚至连吃饭租房都成问题,也没人看得起他,几乎等同于废人一个。姐姐经常和他吵架,险些分手。

"你是不是疯了?好好的大学不上跑出来干什么?"晦涩暗淡的廉租房内,姐姐气愤异常,"你看看你现在像什么?"

姐夫垂头丧气,一言不发,脸色青紫,实在忍不了了,回应道:"别说了,总有一天我会成功的。"说罢摔门而去,留下姐姐在屋内神情复杂。

话说那天两人争吵之后,姐夫心情更加郁闷,漫无目的地在街上闲逛,百无聊赖中恰好看见有一留胡须的中年残疾人在一个街道角落摆地摊下象棋。

摆摊中年人冲他喊道:"小伙子,过来下棋,一盘定输赢。你若赢了我给你三十,我若赢了你给我三十。"

一向自诩多才多艺、聪明绝顶的姐夫当即坐下去,和中年胡须男开始象棋大战,志在必得。

棋局从中午一直持续到将近下午，但最终他仍旧敌不过摆地摊的专业棋手。输了。

输就意味要出钱，这是之前定下的规矩。

"我没钱。出来时候身上没带钱。"他赧然一笑。

"小伙子，一包烟钱而已，干脆点，玩得起就要输得起。"中年胡须男点燃一根烟抽了起来，烟雾缓缓飘起，神情泰然，带有几分鄙夷。

"对不起，今天身上真没带钱。"此时，姐夫神情尴尬，搜遍了全身只搜出了五块六毛钱，其中还有一毛是硬币。

"你这么一大小伙子，下输棋就想赖账，欺负我一个残疾人，你算什么男人？"对方吼叫起来，引发群众围观。

众人纷纷指责数落输棋的年轻人，姐夫骑虎难下，此刻思来想去，只有打电话找姐姐，最后姐姐匆匆赶到，付了三十元钱，两人无言以对，一起离开棋摊。

过了五六天，姐夫终于找到了那份送水的工作，送一桶一块钱，一天下来能挣到几十块钱，但人已经累得快要不行了。

虽然很辛苦，但终于可以挣钱了。

每天可以吃上蛋炒饭。

但还是很累，挣的钱依然很少。

姐夫点着一支烟，像个流浪汉一般闲逛。

夏天的天气很热，那时候赵家堆的房子还没有被拆，不少人说那里是一片贫民窟，但在那有些拥挤的小巷道里还很是热闹，簇拥着不少的小摊小贩。

姐夫走进理发店想理一下长时间没有打理的头发，曾几何时，风华正茂的英俊少年郎，如今落得如此沧桑落魄。

理完发，他走回居所，外面忽然下起了大雨。姐夫躺在床上仰面望着天花板，彻夜未眠。终于在即将天亮的时候，他做出了一个决定，那就是自己创业当老板。

第二天天刚亮，不堪忍受工作折磨的他到送水公司辞了工作，奔回家里，说服自己的父母支持他创业，家长没办法，只得依了他，东拼西凑凑齐了二十万元，

情深未完成

这就是他的创业资本金。

姐夫召集起之前在一起大谈人生理想的一群朋友,租了房子,便开始了创业路。

说来也好笑,明明还在五一路人才市场找工作的人,这才过了十天半个月,又回到人才市场,但不同的是变换了身份和角色,前一次是被拒绝找不到工作的应聘者,而后一次的身份是某公司董事长兼总经理。

这群热血青年将公司命名为"天锦商务有限公司",寓意是愿公司拥有锦绣前程,口号是"与时俱进,奋发图强",目标是"发展成为国内知名的商贸公司,并与国际市场接轨"。

说是做贸易,其实他们自己也很迷茫。初期,也就是到大学校园里帮银行办信用卡,卖U盘、文具用品之类的东西。后来觉得通信市场有发展,又开始卖手机,在各大小区支起一个帐篷卖,在农贸市场门口蹲着卖,在大学校园里四处推销,结果被城管一路撵着跑,手机也没卖出多少,全然是亏本的买卖。

起初,公司还算正常运行,善良的姐夫甚至考虑到了员工福利,帮他们买保险,买住房公积金,结果被姐姐一顿痛骂:"疯了吧你?自己还穷得像个瘪三,还要帮别人买福利买保险,你那破公司一年能挣几个钱啊?"

然而,不幸被姐姐言中,在激烈的商海竞争中,公司苦苦支撑了仅仅一年后,宣布破产。原因是业务没有竞争力,销路越来越窄,到最后就没活路了,甚至连支付房屋租金和员工工资都成问题。

公司破产了,一帮员工作鸟兽散,各奔前程。副总一直对姐夫抱有很大的意见,认为就算破产也要给他一笔安置金。他认为自己劳苦功高,最后二人甚至为此闹得反目成仇。一整套办公设备看着崭新,却全部当二手货卖了。

破产的时候恰逢暑假,我跟着姐夫到以前的办公场地一起收东西。曾几何时,这里还人丁兴旺,总结会上,大家雄心勃勃要在来年创造出光辉的业绩,如今,姐夫的脸色像是遭了霜冻的秋茄子。

这群怀揣着远大理想的年轻人,这群准备向商业进军,向财富奋进的年轻人,他们尚且处萌芽阶段的梦想被残酷现实的车轮无情地碾碎了。他们失败了。

紧接着，争吵、奚落，以及颓废，再次将姐夫环绕。

有人说他只是一时的失败，以后还会东山再起；有人说他要能算个企业家，那随便用稻草捆扎一个假人也能算企业家了。

其实，每一个人都会堕落，然而，每一个人也都有可能发迹。

失败之后的姐夫注销了公司，二十万的创业资本金血本无归，姐姐已经毕业，在国企找了份工作，承担起养家糊口的重任。

那段时间，姐夫常常一个人蹲在卧室里足不出户地上网，看影碟，这样的状况整整持续了半年左右。终于有一天，姐姐一脚踹开房门，异常愤懑道："你就知道玩！一天到晚足不出户，无所事事，你还是个男人吗？我真是上辈子欠你的啊，要工作，要付房租，还要养着你。白天辛辛苦苦地工作，晚上回来还要给你这个窝囊废做饭洗衣服。"说罢，大哭起来。

"你要我怎样？谁不会失败？难道成功了就是人，失败了就猪狗不如吗？我休息一下难道不行吗？"姐夫有些听不下去，情绪也有些激动。

"休息，你就知道休息，除了休息你还知道什么？你自己说你都休息多久了？"姐姐的声音很大。

姐夫一下子无言以对，气急败坏地摔门而出。

……

外面下着连绵小雨，落在行人的脸上，像是洒了一层白糖。那一天我也在，看着他们争吵，我不知所措地站在原地，心情也跟着他们纷乱复杂。雨落得很轻，但落在每个人心坎上的愁怨，却很重。夏天的雨水轻轻地飘洒，仿佛恋人的眼泪。

……

其实，姐姐也是很善良的人，只是从小好强的性格让她的脾气有些急躁。姐夫才刚刚出门，她就又惦记着他会不会被雨淋湿了。

我常常会想起曾经的那些吵闹和哭声，以及打乱锅碗瓢盆的声音。

也许那就是生活。

情深未完成

疾风知劲草，在经历了种种压力以及困难之后，当年稚嫩的姐夫如今终于走出了困境，实现了他当老板的梦想，在失败和破产之后，他也经历了社会的洗礼和磨炼，终于以豁达的心态重新成立了新公司，不再仅凭一腔热血。

2008年我和雪到昆明的时候，他的公司也发展得有声有色了。他踌躇满志地和我说明年要买奔驰，后年要买别墅。

尽管他们仍旧在租房住，尽管这些也许只是寻开心的话，但他和姐姐的争吵总算画上了一个暂时的休止符。

我和雪娓娓讲述我的姐姐和姐夫，讲述姐夫在这座城市的创业史，讲述我和姐姐的手足情深。

她安静地聆听，我说话的时候，从不打岔。看着她清纯安然的样子，我终于明白什么叫做"小鸟依人"。

23

清水出芙蓉，丽质难遮掩

第二天，我起得有些晚。之前和姐姐说好，今天要带着雪去见她。我想我兑现了曾经的承诺，这样就可以让他们所有人的怀疑不攻自破。

下了车，雪拉着我的手有些怯怯地和我说："风，我有些害怕，也不知道是怎么了。"

"别怕，每一个人见到你，都会成为诗人，只要我欣赏的，他们没有拒绝的理由。"说着，我牵着她的手一起走。

姐姐早已在小区的门口等候。她已经知道我是撒谎请假，刚看见我的时候嗔怒地训斥道："不好好在学校上学，就知道胡闹，看你以后怎么办？"

"知道了，知道了，但我这次是真的有事啊！先别说这些了，我给你介绍个人认识。"我笑着看向站在我身后的雪。

"哦。"姐姐的目光有些惊讶。

"姐姐。"雪走上前来，主动打招呼。

我看见姐姐的脸颊浮起些许的羞涩和诧异。也许她没有想到，雪会那样称呼她。

"哎。"姐姐应了一声，接着转过头来对我说，"这次就算了，不多说你了。"

我呵呵笑笑，悄悄问姐姐："姐姐，你看是不是很漂亮，像仙女一样？"

"还真是漂亮。"姐姐又看她一眼，小声道。

我心里顿时很开心，有些许的自豪感。

也许一个女人被男人称赞美丽并不稀奇，要是能够得到同性的认可和称赞，那才是一种真正的天生丽质吧！

……

晚上吃饭的时候，来了很多朋友，雪只是随便吃了一点点，就独自一人走开。

我走到她的身边，看着她若有所思的样子，不知道她在想什么。

她静默地看着窗外，也不愿多和人讲话。

这更让我相信她对我的真心诚意。

第二天，行走在大街上，我也不知道要带她去哪里。

"雪，你想去哪里？"我问她。

她拉着我的右手，小鸟依人般地依靠，轻声道："随便啊，我本来就是来看你的，现在看到你了，有你在去什么地方都好。"

我的内心泛起一阵感动，多好的女孩啊！

这时，一个陌生男人走到我面前朝我微笑打招呼。吓我一跳，我并不认识他，不等我开口他就先说话了："先生你好，要买二手电脑吗？我这里有很多，很便宜的。"

"不买。谢谢。"我没兴趣地回答。

"这姑娘真漂亮。"那男的忽然冒出一句话，让我再次无语。

雪看着我呵呵地笑。

"人家夸你呢！美了吧？"我瞥她一眼道。

"不美不美，你夸我才美呢！"她目光狡黠，冲我笑。

我们顺着春城的街道漫无目的地一路闲逛，寒冬的艳阳高照，虽然泛着微微的寒意，但我却觉得处处笙歌，每一处景色都是美景，每一个角落都有温馨。

她像个好奇的孩子一般，蹦蹦跳跳地拉着我的手一路小跑，看见街边有变魔术的便凑过去看看，有卖小饰品的跑过去瞧瞧……

　　只要和你所爱的人在一起，哪怕只是逛街，哪怕只是闲聊，哪怕是很稀松很平常的事情，也会别有一番生趣……

　　还记得在一家肯德基餐厅吃东西的时候，我感觉有些疲惫，不觉间有些打盹。她把我抱在怀里，我枕在她的大腿上，她用手轻轻地抚摸我的额头，用纸巾拭去我手上吃东西时留下的油腻。那一刻，我忽然在昏沉之中有一种无比温馨的感动。

　　有位哲人说，他和她对望一眼，整个世界就苏醒了。

　　什么是爱情？那时候我想，一个微小而又真切的动作，那就是爱情。

　　当我牵着她的手行走在寒风萧瑟的春城街头时，我的心里暖意融融，虽然西风烈烈，寒意袭人，但我却触摸到无处不在的春城暖意，嗅到了浓浓的爱情味道。

　　随后，雪忽然和我说想跟我到我老家看看，顺便拜见一下我的父母，我觉得有些突然，但又想她不远千里而来，总不能败她兴致，还是勉强答应了。

　　记得那天雪买了很多的东西，占满了半个后备箱。

　　出租车司机颇有微词地说买这么多东西干吗？

　　我和雪相视一笑。

　　在路上，她问我："你父母会不会很凶，我贸然到访，他们会不会难以接受？"

　　我笑说："不会，他们好客还来不及呢。"

　　等到了家里，已经是夜晚八点了。

　　我父母早已在门外等候，说实话，长这么大，我还是第一次带女孩子回家。

　　我搬了几次东西，总算是搬完了。

　　雪走进我家，并不显得拘束，用一口标准的普通话和我父母打招呼问好，听得我父母愕然无语，他们这辈子蜗居云南，连省都没出过，从来都不讲普通话。但这并不影响他们很快就熟稔起来。因为之前我和姐姐都有和他们说起过，所以他们对雪并不陌生，只是没想到她这么快就会到家里。

　　趁雪不注意的时候，我悄悄问父母觉得这个女孩子怎么样。

我妈说:"漂亮倒是漂亮,就是太漂亮了,怕你管不住。"

我爸说:"随便你,你现在长大了,我也管不了你那么多了。你看着办吧,只要你喜欢,我们无所谓。"

家长似乎都认可了雪。

我的老家在一个群山环抱的小村,有着犹如世外桃源的景致。

第二天,天气格外晴朗,碧水云天。

我和雪坐在绿草青青的河岸,看着溪流静静地从脚下缓缓流过,看着河对岸的苍茫群山,看着山鹰盘旋在天空,田野中起伏着无垠的麦苗。

我躺在草地上,仰望那一方湛蓝的天空,它是如此澄澈浩渺。

"风,你快看!"雪忽然无比欣喜地叫我。

我起身看去,原来是一只美丽的蝴蝶翩翩飞到她身边,停留在她衣襟上。

她的眸子里闪动着无限的欣喜:"我以前只在图片上看过一只美丽的蝴蝶落在一个女子的衣襟上,今天竟然变成现实了。"

"因为我们美丽的爱情故事,也让蝴蝶为之动容了。"

她欢快地笑:"可是蝴蝶又怎会知道?"

"我告诉它的。"

……

这里没有都市的喧嚣和世俗的繁华,只有脚下清流的溪水,只有远处苍茫的群山,只有雪欢愉的笑声……

时至今日,我依然会不止一遍地想起那一幕场景,想起当时她拉着我的手,在河岸旁脚步轻盈地一路欢歌,想起草地上闲散的牛羊……

河岸边的田埂上,长着尚未开花的山苦荬。我以前一直以为那是蒲公英,后来才知道两者是不同的。那是一种形如锯齿状的灰绿色野山菜,在城市很鲜见。

我看见田边有很多,顺手拔起了一株,放在鼻子边嗅了嗅,有泥土的清香和田园的芬芳。

"这是什么?"雪瞪大了眼睛问我。

"这是一种野山菜，据说可以清凉降火。"

"那我们多采一些带回去。"

"好啊！"

她蹦蹦跳跳地像是一只活跃的兔子，在田间东采西采，乐此不疲。

很快，我们就采集了很多的野菜，在河岸边洗净。

当我把一片绿色的叶子放在嘴里慢慢咀嚼的时候，初时觉得异常的苦涩，随后，慢慢回味，却有一股醇厚的清香和微凉回荡在唇齿之间。我想这就像是人生，苦与乐，喜与悲，填满了有生之年。

此刻，我坚信自己历尽了艰苦和孤寂，终于品尝到了生活的甘霖。

"这野菜有意思。"雪慢慢对我说。

"有什么意思？"

"像爱情。"她迟迟地说。

"哦？"

"先是一阵生涩，慢慢咀嚼回味，又觉得很清凉。我想这就是爱情的味道。"

"它更像是我们的爱情，历尽千辛万苦，无限挣扎，此刻终于走到了一起。"

她无声地点点头，和我相视一笑。

"觉得这里美吗？"蒲公英的绒花随风飘来。

"当然美。"她斜倚在我肩头，歪着脑袋看着远方。

"我俩一辈子都在这里生活好不好？"

"很好啊！就像书里面写的世外桃源一般。"她满意地笑说。

"可是再美的风景，待得久了，也许总会腻的。"

"腻了就吃刚才的苦菜。"她灵机一动，又转移了话题。

我没有再追问，我知道，有些事有些话，只能在心里自言自语。我隐约意识到，以后的某一天，当此刻的甜蜜褪尽，我也许依然要饱尝苦涩，甚至，在伤口愈合之后，还要受到更大的伤痛。

情深未完成

……

我不愿多想，想得多了，那是庸人自扰之。

何况未来的路是未知的，谁都无法预料。

还有两三天的时间，我们去了一趟大理。虽说我是云南人，却没去过大理，受到金庸老先生《天龙八部》的影响，还是对大理颇有神秘感。

乘坐大巴到达大理，已是暮色时分。古城中，看见一个老大爷一手拄着拐杖，另一只手牵着一个老太太佝偻行走在古城的街道上。我们相视一笑，叹息一声，这才是真爱啊！

虽然此前无限向往，觉得大理古城应该颇具古韵，但实际上，现代化的商业符号随处可见，一下车就有一群妇女簇拥而至，问你"吃不吃""住不住""玩不玩"。

第二天，天气晴好，万里无云。

"我们去哪里？"她问我。

"天龙寺外，菩提树下。不如我们去看看天龙寺吧！"我说。

"好啊！"

路边随处可见拉客的私导。一个开车拉客的男人说："天龙寺在城边的山上，还可以一起去游览天龙洞。"

我们满怀兴致搭了他的车到了山上，发现传说中的天龙寺只不过是一个小破庙而已，顿时愕然无语。幸好还有天龙洞可以看看，于是钻进去观赏一番，看见段誉所言的"神仙姐姐"雕像时，我调侃道，你也是我心中的神仙姐姐。她大笑道："那你要我做你姐姐，还是做你女朋友？"

我故意道："两者都要行吗？"

她笑说我贪心。

……

出了山洞，便可尽揽苍山洱海。群山苍茫，高天流云，看着站在我身边恍若天仙的女子，我忽然感觉一切就像是梦一样不真实。

"你知道吗？其实我直到现在都不太相信这是真的。曾经的日子，我遥望着山外的世界，拿着手机跟你发短信，都不敢想象远在北京的你有一天会真的来这儿跟我像现在这样手挽手一起走！"

"哦，还不相信是真的啊？"她嬉笑着忽然用手使劲掐了一下我肩膀。

"干吗呀？"我笑了。

"疼吗？"

"当然啊，你那么用力。"

"这样你就相信这是真的了！"她笑道。

……

我们继续朝前走，开始下山，台阶和山路绵绵长长，她忽然对我道："我要你背我。"

"哦，怎么了？"

"没怎么。你背过去再告诉你。"她说。

我蹲下身，像背孩子一样把她背过去。她看着我忽然有些伤感道："这样，也许你会更加记得我。哪怕以后不在一起，我们也都不要忘记彼此，好吗？"

"当然不会忘记呀，你怎么了？"我疑惑道。

"没，我很开心。"

……

"你说段誉带着王语嫣回到大理以后会怎么样？"她笑问。

"大概就会在这里幸福地长相厮守、儿孙满堂了吧？"背她走了几步，她说，"好啦好啦，放下我啦！"

"怎么了？我不累。要不把你背下山去？"我笑道，更借题发挥道，"我也愿做痴情的段誉，追逐你一生一世。"

"但我不忍心做语嫣，要你费尽那么多的心力，承受那么多的折磨。"

我的心头浮起了微微的感动。

这些微小的片段和只言片语，时至今日，我依旧记忆犹新。

……

情深未完成

24

离别的车站

时间过得很快,转眼间,我的假期就已经耗尽。

没有办法,我极不情愿地带着雪一起赶回昆明,打算把她送走之后就回学校。

雪和我说她忽然很想坐火车,问她为什么,她说不想那么快就转瞬回到北京,过渡太快,她接受不了。

于是,我匆匆帮她买了从昆明到北京的火车票。

从第一天见面到最后一天分开,我觉得时间就像被人用剪刀剪去了一大半,深深体会到原来时间都是相对的。

如果时光可以倒流,如果生命可以回旋,那么我宁愿不要现在,不要未来,只要时光永永远远地停留在2008年12月的那十天。

离别的那天,在昆明火车站的奔牛前,我很难过,而她也神情凝重,因为今天是我们相聚的最后时刻了,过了今天,我们又要远隔千里了。自从早上醒来,她就一直郁郁寡欢，从老家回昆明的大巴上，她时而呆呆地看着我，时而落寞地看着窗外，我依稀可以看见她眼中的泪花在积蓄打转，但她仍然抑制着自己的情绪。

我俩并排坐在大巴上，这几天旅途劳顿，我有些困倦，她语声柔柔地对我说："风，你要是困了，就躺在我腿上睡一会儿。"

我看着她那忧伤之中又满怀关切的眼神，惹人怜惜，便侧身躺在她的大腿上，闻见一股芬芳的气息。她微笑地看着我，用手抚摸着我的额头，我感受到了一种母性的关怀。

她的抽泣声冲击着我的耳膜，她眼角的泪珠生生滴落在我的心底，我的胸口隐隐作痛。那一刻，我多希望自己是一个无所不能的超人啊！

风干冷干冷地吹，周围行人如蚁，车水马龙，而我的心却一片空旷寂寥。看着晶莹的泪珠从她犹如白玉的脸颊慢慢滑落，我眼角的泪花也在眼眶里不自觉地打转。我知道，也许我比她更眷恋这段美好时光。

良久，她停止了哭泣，问我："这些天你开心吗？"

"开心。"我说，"这是二十年来我过得最开心的十天了。"

"等我走了以后，你还会记得我吗？"

"会，一定会。今生今世，永远都不会忘记。"

"那就好，我只要你记得我就好。"她的眼角闪现着晶莹的泪花。

我拿出纸，轻轻拭去她眼角的泪痕。

"我不止会记得你，我还要永远和你在一起，生生世世地爱你。"接着，我信誓旦旦地说道。

她的忧伤有些许的缓解，忽然问我："风，如果生命只有一天，你最想干什么？"

我想了想，看着她的眼睛道："放下所有的一切，陪着你，与你相依相伴，共赴黄泉也是浪漫。"

"如果还有来生，你还会一样地爱我吗？"

"会，我会在过奈何桥前不喝孟婆汤，牢记此生与你所有的记忆，与你再续前缘。"

情深未完成

她破涕为笑，笑容里有泪光闪闪。

"也许我们不应该如此悲伤，还有几个小时的时间，我们现在仍然在一起，应该开心才是。"她想了一下忽然对我说。

我点了点头："那我们随便找一个地方再多待片刻。"

我们到了滇池边的海埂大坝。

放眼望去，滇池水域茫茫，天空蔚蓝如歌。不远处的西山犹如沉睡的美人，与茫茫的水域和蔚蓝的天空竞相交融，呈现出一派壮丽的湖光山色。那白色的海鸥恍若精灵一般，自由自在地成群飞翔。路上的游人络绎不绝，不时有人将鸥粮抛向空中，惹得无数只海鸥竞相争食。

雪大把大把地将鸥粮抛向鸟群，无数的海鸥向我们飞来，环绕在我们周围，仿佛无数快乐的精灵。

夕阳快要落山的时候，我们不得不走了，她还要赶北上的火车。临行前，她对着成群的海鸥说："再见了，以后我再来看你们。"

夜幕降临，离别的时刻到了。

冷风轻吹，我感到浑身战栗。

我知道，我并不是因为冷而颤抖，而是因为将要和她离别。

这一次，是真的要离别了。

再次回到住所，姐姐为雪准备了满满一袋子东西，有吃的，还有代表云南风情的少数民族服饰和葫芦丝。显然，姐姐对她颇有好感。

我帮她提着东西一起上了通往火车站的公交，陪她走完这次行程的最后一段。

她向车外望去，夜色阑珊。

"你在看什么？"我问。

"看看昆明美丽的夜景，因为这里有你，所以我觉得温馨。"

我的心头忽然一阵窃喜，这个浪漫的爱情童话，竟被我活生生地演绎到了现实之中，并且如此的刻骨铭心，如此的缠绵悱恻。

幽暗中，我的手指拂过她的秀发。她下意识地靠在我的肩头，语声悠悠地对我说："只有你，才可以摸我的头发。"

"是吗？"我呵呵地笑。

她点了点头。

我再次凝视此刻仍然依偎在我身旁的雪，微弱的灯光下，她乌黑闪亮的眸子里闪动着流光和魅惑。我再一次将她紧紧搂住，只想让自己再一次感受到这即将失去的真实。

下了公交车，再走不远就是火车站了。

"对了，"她忽然想到了什么，"差点忘记，我准备了一份礼物送给你。"

"什么？"

她从包里拿出一个盒子，拆开包装后是一块精致的手表。她把表放到我手上，让我试戴。

那块腕表握在手中，闪耀着银白色的光泽。我感觉那一定是一块不一般的手表。

"我不要。"我把手表退还给她，"我不是贪恋物欲之人。"

"怎么了？"她眼神迷离。

"没有。我没有什么好送给你的，又怎么能要你送礼物给我呢？"

"呵呵，小样儿，你瞎想什么，我们还需要分那么清楚吗？一点心意而已，这是我在来之前就买好的礼物。"

"那我也不能要啊！"

"这是男士手表，你要是不要的话那你要我送给谁呢？"她凑到我耳边对我说。

"这……"我正在犹豫着。

她拉着我的手笑着对我说："戴起来我看看。"

我没好意思再拒绝，那未免太不近人情了。

戴起那块腕表，顿时感觉手腕上像是多了一分力量，沉甸甸的，有种厚重大气的感觉。

我再三推辞，她握住我的手对我说："风，不要推辞了，每当你想我的时候，就看看我送你的礼物，你就会觉得真实。"

情深未完成

我没再推辞，小心翼翼地收起了这份珍贵的礼物，视如珍宝。

"我会好好保管的。"在之后的日子里，我一直把它装在盒子里，舍不得戴，每当想她的时候，我就会拿出这份礼物看看。

……

火车站越来越近了。

纵使在这样的漫漫寒夜，这里仍然行人如织，车水马龙，集散着或归来或离去的各方旅人。看着树立在站边的大钟，我忽然有种莫名的沧桑感。

这里的人来了，走了，聚了，又散了……

人们常说人多就热闹，可我此刻全然没有感到任何热闹，只觉得内心浮起一片空旷。

雪的脸上也洒满了落寞。下车后，她一直紧紧握着我的手。那晚的夜空没有群星闪烁，有的只是西风凛冽，但我却能感到来自她手心的温度。我的心中再次泛起层层涟漪。

我安慰自己，离别不是永别，心若在，爱就在，我们还有以后，还有无限美好的未来和千千万万次的见面。

她的手有些冰冷。我握起她的手，吹出嘴里的热气给她暖手。

"离别只是暂时的，今天的离别，只是为重逢做铺垫。我们都别难过，都不许哭了。"

"嗯。"她看着我，重重地点了点头，没有再哭，但仍然掩饰不住眼角的忧郁。

不知不觉间，我们已经到了进站口，火车的鸣笛声划破了静寂的夜空。

广播员在播报："各位旅客，由昆明开往北京西的T62次列车已经进站，请要上车的乘客做好准备。"

我们对视一眼，无限的眷恋。

我牵着她的手，帮她提着行李，跟随着人流一起向检票口走去。

之前，我买了一张站台票，可以送她到火车上。

我把她送到了卧铺车厢，"雪，路上注意安全。等你到了北京，记得给我打电话，路上要是觉得闷，也给我打电话或者发短信。"

"我会的，我会照顾好自己，你也要好好照顾自己。"

我们互道珍重，车厢内播放着云南特有的葫芦丝音乐。

广播声音忽然响起："各位乘客，美丽的云南再次欢迎您的光临。"

我恋恋不舍地走下车厢，下车后又站在她所在的车厢旁边。

……

火车再次鸣笛。

车子刹那启动，真的要走了。

雪紧贴着车厢的玻璃，眼神充满无限眷恋。我看见她的嘴唇在动，却听不到她在说什么。

我的胸口忽然感到窒息。

车子先是在缓慢移动，这是疾驰的前奏。

我加快了脚步，跟着缓慢移动的车子一路小跑。看见我跟着火车跑，她的脸颊紧贴着车窗玻璃，眼角泪光闪闪。

车速逐渐加快，十几秒之后火车已经迅速地把我甩开，开出了站台。

我凝视着那渐行渐远的列车，直到它彻底消失在苍茫夜色中。

我茫然若失地呆立在原地，仍旧看着那火车远去的方向，此刻唯有一片漆黑和空旷。夜风凛冽，眼下只有横亘的铁轨和冰冷的枕木，我的心底一片凄凉。

……

回来的时候，姐姐说请我吃夜宵，平时一向好吃的我，面对一桌美食佳肴却泪流满面。

姐姐没有劝我，反而对我说："想哭就哭吧！"

对着12月寂寥的寒夜长空，我放声大哭。

25

堕落，赌局

  她走了，我真真切切地感到身边像是少了什么不可或缺的东西，这熟悉的地方没有了她的身影，我已不再觉得眷恋，心中唯有一片失落。我知道，我也要走了，如果独留我一人面对这冰冷的长街，我只会流泪和崩溃。
  第二天，我再次回到了边城。
  站在学校的草坪上，雪给我打来了电话——
  "我到北京了。你到学校了吗？"
  我说："到了，只是很想你，当你离开的刹那，我有种撕心裂肺的感觉。"她笑了，语气无比轻柔地对我说："不要难过了，又不是永别，我们还有明天，还会再见面的。"
  我又说："那什么时候才能再见面呢？"
  她想了一下——"等你很想我的时候，我就会再来了。"
  "我现在就很想。"
  ……

当我再度回到边城之后，忽然有一种恍若隔世的感觉。我和雪的联系也再度回归到之前的模式，网聊加电聊，但我不希望再这样虚幻无边地继续，我希望我们能真真正正地在一起。

日子如流水般过去，生活除有微小的希望和甜蜜之外，似乎也再无其他值得欣喜的期待。

我仍旧和她每天都联系，有时候一天不联系就觉得缺失了什么，感觉心里空落落的。我逐渐明白，原来我真的爱上一个人了。

但我的生活依旧过得浑浑噩噩，雪离开我之后，我仍旧没有去奋发读书，觉得生活了无生趣，日子犹如一池死水，再也没有波澜。

雪依然对我很好，每天都会关心我，在乎我。

可是这种虚拟的异地恋情逐渐让我觉得难熬，我也不知道究竟能走多远。

我穿着她买给我的衣服，同学们都说我有钱了，这让我既有些开心又有些茫然。

花钱没有节制的我在一次缺钱的情况下，无意间和雪说起目前的窘境，她忽然就和我说每个月都会汇一千元钱给我，这让我很感动。她不希望我们的爱情因钱而受挫，在她看来，金钱只是一个为人服务的基本工具。

这样一来，我每个月就有了充足的零花钱。有了点闲钱，我就变得有些癫狂，开始在宿舍里和同学打牌小赌。这样的日子过起来的确很空虚，并且也让我逐渐觉得自己越来越垃圾。

后来一个无意中的机会，我接触到了一种类似赌博的游戏，那是一种缅式赌具，其实很简单，下面画有动物图案，比如老虎、乌龟、大象等，玩家选中图案就可以押钱。同时有几个大骰子，通常是三个，骰子的几个面上也印有画面上的动物图案，庄家将骰子放到一个斜面上，由玩家拉线，几个大骰子就沿着斜面滚落下来，刚才押钱的图案只要与骰子的上面图案一致，就赢钱了。

在边城，很多地方都有这种游戏，或许稍有智商的人都不会沉迷这种游戏，可当时的我对此却无法自拔。

起初，我还偶尔赢过钱，觉得很有兴趣，后来一有时间就跑去玩，经常输得血本无归，甚至一次输得连坐公交车回来的路费都没有。

那时的我像是中邪了一般无可救药，每天的日子本来就百无聊赖，接触到赌博游戏之后更让我红尘颠倒。

我常常把生活费输得精光，有一次实在是没有办法，早上家里才给的钱，晚上就没有了，连吃饭都捉襟见肘，索性跑到一家餐厅打工，那个凶悍的老板娘第一天就要我把手指甲都剪得极短。

我照做了。第二天晚上，餐馆老板回来了，看见多了副生面孔便问："怎么多了个人呢？这是谁？"

"新到的小工，帮打杂的。"老板娘说。

老板回头看了一下我。

灯光下，我手腕上的腕表闪闪发光。他仔细看看那块手表，像是发现了新大陆一般，对我道："小伙子，你这么有钱，还来打工干什么？我们这里不需要体验生活的，你走吧！"

说完，他问老婆："他来了多久？"

"两天。"

"给他五十块钱。"老板说。

就这样，我莫名其妙地被解雇了。

我看着那块雪送给我的手表，觉得有点不可思议。

……

不过我终于有五十块钱了，那一刻，我忽然感觉，金钱是多么的珍贵，哪怕一分一厘，都蕴含着无限的能量啊！

在我输光了身上全部家当，饿得发慌的时候，我看见对面包子店里五毛钱一个的包子都感到那么诱人，我却连区区五毛钱，都没有。

……

那一刻，我忽然意识到了什么，并且下决心再也不去玩那种赌博游戏了。

但好景不长，老实两个月后，我又忍不住了。

那一天特别倒霉。

一个庄家蛊惑我："小弟，押大得大，押小只得小，玩大的吧！"

说着，他就拿出一把钞票，估计有几千元的样子。

"你要是赢了，这些就归你。"

"你不会耍赖吧？"我问。

"不会。"他嘴角浮起了一丝狞笑。

"好。"我说："那一把一百块，多玩几次。"

"行啊！"说完他还递给了我一支烟。

就这样，赌注由之前的几元钱增加到了一百元。

前面押了三次，我居然都赢了，有些得意。

那庄家故作惋惜，对我说："我说得对吧？小哥，你押大得大啊！"

边城的高温天气足有三十度左右，我却依然在太阳底下玩得起劲，居然没觉察到丝毫的热意。

但接下来，就轮到我哭了。后来一连押的几十把，一把都不中。

就这样，我输了三千元。

三千块钱是一个什么概念？也许对于那些有产阶级这并不是一个多大的数目，可是对于我这样的学生，的确是一个天文数字，而这三千块钱，是我父母寄给我交学费用的。

我有些昏惑，后悔自己旧病复发。

这个时候，我也有想起过雪，可是实在不好意思再向她开口。

回到宿舍，我彻夜难眠，抽了自己几个耳光，但终究无济于事。

我发誓以后再也不玩任何赌博游戏了。

但眼下的困境却依然难以克服，学校已经通知要交学费。我不能拖欠，该怎么办？

我躺在床上看着漆黑的天花板，闻着宿舍里的脚臭味，忽然想到雪送给我的那块手表。虽然雪没有和我说那块表的价值，但我想，那一定是一块价值不菲的手表。

自从她离开我之后，我就一直佩戴着这块手表，本想，它代表着雪对我的一片真心，我会一直珍藏着它，如果有可能，它会见证我和她走向婚姻殿堂的一刻。

可是现在，我实在没有更好的办法了。

第二天，我无奈地把手表拿给了一家典当行的老板看，那老板看后满意地笑笑，问我："你要多少钱？"

"五千。"说完之后我有点心虚，因为我对手表一窍不通。

"好，成交。"让我没想到的是，那老板一下子就答应了。

"真的这么值钱？"我忽然心头疑惑。

收到五千元钱之后，我顿时豁然开朗，这下子终于走出了困境。

我生怕典当行老板后悔，拿着钱几乎一路小跑地跑回学校。

但等我到了学校之后又犹豫了，想那老板肯定不是傻瓜，应该是行家。我其实不应该先报价，那块腕表的价值一定不菲。

我开始后悔去当了那块手表。

雪在离开我的时候曾对我说那块手表代表她一直陪着我，要我好好保管，可是现在手表没有了，我不知道当我再次见到她的时候应该如何解释。

26

意外的决定

我们之间，再次出现了插曲！

"在干吗？帅哥。"有时候她会这样调侃地问我，这次聊天的时候也不例外。

"在想你，美女。"我总会这样习惯地回答。

"那你就慢慢想吧。等你很想的时候我就来了。"她总是这样说。

"我此刻已然很想。"我也总是这样回答。

"风，我忽然觉得很心酸，我忽然觉得我们很可怜。也许，我们都在欺骗自己。"她忽然的言语刺痛了我的心。

"？？？？？？？？？？？？"我连续打了一排问号。

沉默。

气氛死寂。

我感觉空气都要凝结了。

"我不知道应该怎样说，此刻我觉得我们之间的障碍，又岂止是千里之遥？"

她终于说话了:"风,两年了,我不想耽误你,你好好学习吧,以后争取找个好工作,找个好老婆,好好孝敬父母,建立一个幸福美满的家庭。"

打完这些字,她竟然下线了,而这些看似鼓励的话语,其实折射出她截然变化的思想。她的意思已经不言自明了,那就是委婉地说"分手"。

我的心肺都快要气炸了。我到底做错了什么?难道,我最近赌钱、典当她的手表被她知道了?

不可能!我只字未提,就算我在边城最要好的朋友都不知道,她就更不可能得知了。

到底为什么?我仰天长啸,叩问苍穹。

我没想到等到最后,却是竹篮打水一场空。

我尽量让自己冷静下来,却始终无法平静。我忽然很恨她,气得想骂天骂地。

更让我吐血的是在后来的一个月之内,她竟然玩起了失踪。

起初是关机,后来是不在服务区,再后来,就变成停机了。

我忽然觉得自己的生活顿时失去了色彩和希望。我曾把全部的信念寄托在这样一个人身上,而此刻,这个人忽然人间蒸发,我的身体像是失去了力量和灵魂。

我难以接受这样的事实。

她真的消失了吗?

她真的那么狠心吗?

为什么说散就散?

她还有情义吗?

她是否是个骗子?

……

每想到一个问题和疑惑,我就钻心的痛。

坚持到第三天,我便对爱情和生活失去了信心和希望。

我和一个叫"无缘"的网友说起了我和雪的故事,他笑言雪也许只是寻找一种寄托来填补精神空虚,现在肯定是找到了新的彼岸,并劝我不要再执迷不悟,有时候舍得是一种境界，长痛不如短痛，真正爱你的人，是不会让你痛苦不堪的。

我默然无语，也许"无缘"的话有道理。

此时，我只想用极端的方式来麻痹自己，甚至，糟蹋自己，折磨自己，以便稀释掉这钻心之痛。

时间一久，我愈发感到内心的孤独和痛苦，那种相亲却不可相近的煎熬让我内心犹如烈焰焚烧，得到一个人的欢乐可以很短暂，而失去一个人的痛苦却是永久。

4月的时候，边城迎来了比新年还要热闹的泼水节，我失魂落魄地行走在街道上，走到一棵棕榈树下忽然被一盆冷水从头灌下，顿时成了"落汤鸡"了。

一个十几岁的傣族小姑娘看着我哈哈大笑。

该死！我居然忘记今天是傣族的泼水节，只恨我手里没有盛水的器皿，要不我也要冲上去泼她一身。

我悻悻地走着，看见有同学也被泼了一身，大家说既然浑身都湿透了，索性去广场狂欢吧。

我们到了广场，看到了万人狂欢泼水的场景，广场上水花纷飞，大家不分男女老少，民族性别，用水盆、水桶、水枪、水气球到处挥洒，所有人都在疯狂泼水。人们尽情狂欢，水被视为幸福和吉祥的象征。

那个泼水节我过得并不快乐，其实我在边城又何尝快乐过？

我知道这并不是地理的问题，快乐应是源自内心。

我的内心再次被套上了枷锁，难以挣脱，而那个牵绊我的人，就是雪。

也许，她真的离开我了。

有人说，要彻底忘记一个人，最好的办法就是重新开始一段新的感情。

周边的同学纷纷谈起恋爱。我想了想，既然爱已不再，徒留伤感亦属无用，倒不如开始新的感情，以便让自己不那么想她，甚至忘记她。

遍地撒网，重点抓鱼。这是无数恋爱者的惯用手法，即便广种薄收，也有可能套住几条漏网之鱼。

情深未完成

那段时间，我也学人家去追女孩，其中有得有失，纵使有追不到的，我也并没在意，因为我本也无心，之所以这样做，只为了忘记一个人。

月明星稀，不远处的树上有低低的蝉鸣。

我也约会了，她明眸皓齿，眼波流转，对我似乎也颇有好感。我们一起去学校的后山上散步，看天上的星星，一起畅谈人生和理想，畅谈外面的世界，以及无处安放的青春。

我也告诉她，前不久跟以前的女朋友分手了，感到难过。

"你忘不了她？"她问。

"我不知道。"我说，想想道，"你能帮我吗？"

"帮你什么？"

"帮我忘记一个人——"

这时候，她忽然握住了我的手。

我又想起了雪，那个深深烙在心头的身影。我发现，越是想通过新恋情淡忘她，越是深刻地怀念她。

于是，我再次拨通了那个号码，本来没有抱任何希望，但这次居然接通了。

"雪，真的是你吗？"我激动且欣喜地问，"你知道我有多思念你吗？这些日子，我感到从未有过的痛楚和煎熬。没有你，我都有些不想活了。"我几乎是哭着和她诉说相思之情。

她无声地抽泣，但我知道她肯定在听我说话。

"我只想知道为什么，你这样做让我情何以堪？"

良久，她幽幽道："你不要怪我狠心。我想了很久，或许我们之间有一段美好真切的回忆就很好，但真的在一起，要克服太多的困难，付出太多的东西。你还是学生，或许现在本不应该考虑那么多东西，也许等过几年，你成熟一些，你会遇到比我更好更合适你的女孩。与其朝思暮想，不如相忘于江湖。"

她温柔的话语顿时化作无形的利剑，带给我无法言喻的切肤之痛。

"我不要别人,也不要和你相忘于江湖。我说过,今生与你无悔,我们的情意胜天。我对你的真心真情,难道就这样灰飞烟灭了吗?如果你是因为距离而与我渐行渐远,那我愿意舍弃一切来找你。"

"不,你不能这样,你要好好读书,不要一心二用。"

"我不需要这些虚伪的说教。难道你也这样流俗?"

我难以平静,只觉得无限伤感。

"我没有想到你会这样!我对你诚心诚意,把你当做至爱,当做唯一,眼看再过一年我就毕业了,你怎么这样呢?"

没有等她回复,我继续道:"我决定了,我不想继续读书了,明天就退学,到北京找你。"

"不,风,你不能这样任性!你都坚持到现在了,怎么能够功亏一篑?"她劝慰我。

"我没有任性,只是权衡。此刻我只觉得这个世界上对我最好最重要的人就是你了,倘若失去你,再无其他眷恋。"

天边的冷月无声,千里之外的她静默无语。

"你真的那么爱我?"她再次问我。

"是。"

"如果没有我,你会怎么样?"

"那就不活了。"

她哭了,我也哭了。

"不哭了。"我擦掉自己腮边的眼泪,安慰她道:"雪,你相信我,我们终会幸福地生活在一起。"

她一个劲地向我说抱歉,说正是因为爱我,所以才不想让我越陷越深;她告诉我,她消失是因为想让我忘记她,因为她怕有朝一日,梦想一旦破灭,会让我彻底崩溃。

我告诉她,爱不是这样的,如果你真的爱我,那么,请你来到我身边,我要

情深未完成

你知道，在距你遥远的云南边城，有这样一个男子，为你思念，为你牵挂，为你倾覆，为你癫狂。她抽泣着说"好"，并相信我们会在一起。她说，她会等我一生一世。

她继续幽咽地和我倾诉，原来她的家庭发生了重大变故，她的父母已经正式离婚，且负心薄幸的父亲抛下妻女，另觅新欢，不久前还举行了婚礼。绝望的妈妈和姐姐再次劝她放弃和我交往，说明知道没有任何结果的荒唐事，就不要再浪费时间，不要让她们更加费神痛苦。

"长痛不如短痛。她们对我说'网恋就网恋,玩玩也就罢了。你要再这样下去，又怎么收场'。"雪微微抽泣地和我说："风，你知道我有多么的纠结吗？我不明白她们为什么要这样一再地说教，我更不明白为什么老天这样捉弄人，明明两个人相爱了，并且是这样情真意切，却又要设下这么多的藩篱和障碍！"

我安静地聆听，她的哭泣，就像是一根根针，狠狠地扎在我心里。

我能感到她所背负的压力。

"我原本信佛，相信佛祖总是慈悲的，相信众生皆是善类，可是此刻，我不再相信，我不再相信所谓的诸天神灵，如果神在，它为什么要让我们这样痛苦？"她继续说。

"我信。"我说。

"你信？"她问我。

我坚定地说："只要我们想，我们就能在一起。"

她停止哭泣，问我："那你说怎么办？"

"雪，你真的爱我吗？"我问她。

"嗯。"

"那你真的愿意和我在一起吗？"

"嗯。"

"那你愿意放弃你现在的生活，到云南和我一起从一无所有开始新的生活吗？"

……

她沉默了。我知道后面这个问题问得过于沉重。

我想，或许这根本就是不应该问的问题，因为它触及了现实的核心。爱情可以谈、可以说，可要真的为了爱情牺牲一切，付出所有，又有多少人能够做到？又有谁愿意舍弃自己现有的安稳，为了一个几乎一无所有的男人？为了一段所谓的爱情奔走千里，远离父母、亲人和朋友？

雪开始无声的沉默，我本以为不会再有回答了，可让我没有想到的是，她给出了一个令我意外的答复——

"我愿意。"

"真……真的？"我有些不敢相信。

"真的。"她忽然笑了。

"你真的愿意舍弃现在安宁富足的生活，跟着我这个还是学生的穷小子？"

"富贵于我如浮云。你现在只是个学生，但你不会一直是，我也相信，你会带给我幸福。你会吗？"她问我。

"我会的。一定会。"我也坚定地说。

……

我们都笑了。

看不见彼此的笑容，只是听到那会心的笑声，却能感受到那份情真意切，那份矢志不移。

经过仔细商量，我们计划到假期我就去接她，不论结果如何，她说她都一定会跟我到云南。

……

我和姐姐说起了雪要到云南的事。

姐姐说："我有些不信，要是换作我，我做不到，绝大多数女孩子都做不到。你也别轻信，小心被骗了。"

"她不会骗我。"我始终坚信这一点。

"难说啊！弟弟，你还是好好学习吧！你现在还年轻，要找个拖油瓶带着干什

情深未完成

么？"姐姐劝我放弃。

我异常反感道："你真烦，不和你说了。原本以为你还会帮我呢，没想到连你也这样，你是我亲姐姐啊，没想到连你都不相信我。"

"好吧，好吧。她现在不还没到吗？要是真的来了再说吧！"

……

27

远行，为伊人

在殷殷期盼久久等待中，我终于等到了那个假期。

那是我第一次出远门，说实话，在此之前我就没有踏出过云南省。我买了一张火车票，第一次远行，心情有些复杂，既好奇，又向往。

我不知道北京距离云南有多远，不过从地图上看应该很遥远。

为了省钱，我买了一张硬座车票。姐姐送我到车站，我向她挥手道别。

记得那是个夏天，天气有些炎热，车厢里满是人，连过道上都挤满了旅客，非常拥挤。

我给雪打了个电话，她说她会准时来接我。

长久蛰居在城市之中，此刻在崇山峻岭中穿行，看着那些稻田、飞鸟以及山峦，觉得有一种新鲜和解脱感。看着这一路的景色，我有种恍如隔世的感觉。

直到第二天醒来，我感觉火车仍旧没有出贵州，甚至怀疑是否能在三十几个小时后到达北京。

经历了将近两天的行程之后，我终于到了北京。

一路风尘仆仆，坐的又是硬座，让我感觉疲惫至极，下车的时候连腿都有些站不稳了，所幸雪提前打来电话，关切地问我："风，你到了吗？"

我说："到了，就站在站门口。"

她说："你别动，别像上次我到昆明找你的时候再走丢了。"

我回说："不动，我就站在站门口一动不动地等着你。"

大概等了几分钟，忽然一双手从我背后捂住了我的眼睛。

我被吓了一大跳，心想不会是歹徒吧，正在疑惑挣扎的时候手松开了。我转身，看见了雪的明眸皓齿，她穿着波希米亚风格的百褶裙，活像一只翩翩起舞的蝴蝶，笑颜如花地看着我。那样的笑意，足以融化冰雪。

站台边，我们紧紧相拥。

本来这一路的旅途艰辛和劳顿，让我心生些许埋怨，而此刻，我忽然觉得，什么都是值得的。

她的车在一栋别墅前停下，那是一幢具有浓郁欧式风格的建筑，墙体是纯白色的，屋前有大片的草坪，一旁的喷泉喷洒出一串串水花。走下车，我忽然感觉有些茫然。

"雪，你从未和我说起过你家的条件这么好，我……我感觉有些惭愧。"我站在草坪边停下了脚步。

她和我说这是她爸爸留给他们的唯一财产，现在，她的父母已经正式离异。他们以后都要靠自己生存了。富有，那也许是曾经，现在，她和我同样站在一条起跑线上。

我不知道她说的是真是假，但总是钦佩她这种奋斗的心态。此刻更觉得她与众不同，很不一般。

跟着她走进屋内，只觉得呈现出一派富丽堂皇，屋顶有巨大的吊灯，乳白色的立柱，大厅正中还挂有一幅水墨画。

"回来了？"

说话的中年妇女面带几分和善，微笑地看着我。

雪曾经和我提起过，她的妈妈患了重病，有一次在昆明的公交车上，看见一个人步履沉重拄着拐杖艰难地走上公交车，她满脸忧伤地对我说："这是半身不遂，我妈就像这样。"

"这就是我妈。"屋子里响起了雪的声音。

以前，我从未见过她，看着她妈妈行动不便走路迟缓的样子，我忽然有一种负疚感，觉得她早就应该回到自己母亲的身边。我礼貌地称呼她"阿姨"，她向我微微点头，表示回应。

因为我来了，他们家里的亲属们，竟然都赶了过来。

看着这些生疏的面孔，我有些许的局促感。

"这是我舅舅……"

"这是我姨妈……"

"这是我表妹……"

她一一介绍，我一一拜会。

忽然，一个十五六岁的孩子冲了出来，双眼有些怨艾地瞪着我道："你要让我姐姐到你们那儿去？"说完就头也不回地走了。

这句话一下子戳中我的要害，让我忽然有些无所适从的尴尬。

雪抱歉地和我笑说："这是我弟弟，还是个孩子，不懂事，别理他。"

……

晚饭很丰盛，也许是为了款待远道而来的客人特意准备的。

吃完东西，她母亲和我说："其实我们之前一直都觉得这很荒唐，可是她因为见不到你，一直郁郁寡欢，几乎用绝食来对抗，这孩子性格倔强。后来，我和她父亲离婚了，我也病了，生活不能自理，也没有太多的工夫去管她，她就三天两头要往你们那儿跑。"

她说得有些夸张，其实就到过一次而已，还是酝酿了许久才去的。

"做父母的，都希望子女过得好，等她回来问她觉得怎样，她只是说你人好，你们那里好。问她好在哪里,她也不说,反正就是觉得好。"她母亲向我缓缓讲述。

周围的亲戚们都坐在一旁听着。

"我原以为你是不务正业的社会小青年,现在看来,感觉也不像。她说她要跟你到云南,我本是不愿意的,但有时候我安静地想想,现在她长大了,有自己的思想和自由,我也不该过多地干涉她。既然她愿意,觉得和你在一起开心快乐,那我也就由她了。"

我说,谢谢阿姨,我会真心对她的。

我又回忆起曾经见面的故事,回忆起在离别的车站紧紧拉着她的,以及思念的眼泪……

大家听得都有些伤感,最后那些伤感都化作了美好的祝愿。

吃完晚饭,她母亲又单独和我说:"你看我们这家庭,现在虽然表面看还可以,貌似有钱人,其实,他父亲一走,现在只不过是一个空壳而已,或许以前可以称得上富有,但现在不行了。这些都是她父亲以前挣的,不可否认,他是个有能力的人,但现在他已经背信弃义,另立门庭,和我们再无瓜葛,几个子女都还要靠自己的双手去谋生。有时候,钱财、富贵,都只不过是一瞬间的事情,只要你有能力和决心,一切都可以改变的。"

我忙说:"不会的,阿姨你不用多想,钱财富贵都是身外之物,我从来都没有觊觎过,我只想靠我的双手去挣钱,去拼搏。"

"那就好,我相信你们以后一定会过得幸福的。"她看着我说。

就这样,我在雪的家里短暂地逗留了两天,之前的疲惫也得到了缓解,整个人也多了些精神。

第二天,她带着我在北京一路旅行,我们爬长城、游故宫、观十三陵,瞻仰帝王将相的遗风,领略那沉积千年的文化底蕴。

夜晚,我们手挽手行走在北京街头,大气磅礴之中,我仿佛听到了紫禁城的心跳,倍感自身微小渺茫。

"怎么了？"她问我。

"没……没什么。只是感觉我现在好渺小，轻若鸿毛，渺若尘埃。"

"是啊，对于这个世界，我们都是多么微小的个体，都只不过是沧海一粟。对于别人，也许你只是微小的一个个体，而对于我，你就是整个世界。"也许她感受到了我的拘谨，站在路灯下对我如此说道。

"你真的这样想吗？"看着她恍若秋水的明眸，我的心底泛起阵阵涟漪，"盈盈一水间，脉脉不得语。"

她幸福地合上了双眼。

喧嚣的北京一夜，无限温馨，世界如此之大，而我，只要这微小而简单的幸福。

28

她的抉择

三天后,我和她说,准备回云南了。

她到底要不要和我走?要不要远离故乡热土,去一个陌生的地方?跟着一个赤手空拳的学生为了那所谓的爱情而大冒险?

也许她自己也深感迷惘。

看得出,她一直很纠结,我还是忍不住问:"我明天就要回了,雪,你要不要跟我走?"

她用手扶着脸颊,幽幽地和我说:"你让我再想想好吗?"

临行前的晚上,她最终还是做出了跟我共赴云南的决定。

我们和她的亲人依次拜别,大家也默认了,可离别总是伤感的。

她的小姨拉着她的手,有些心疼地说:"你真的要走吗?"

她点点头。

又悄悄地凑在她耳边问:"那他家有钱吗?"

尽管是悄悄话，我还是听见了。

"没有。"她也小声回。

接着，我就看见她小姨走到自己的房间，出来的时候递给她一张银行卡，说密码写在卡背后。

"不，小姨，我不要。"她推辞。

"拿着，万一在云南有个什么三长两短的。"她姨说。

"别想那么多嘛！我真不要。"她始终拒绝。

她小姨最后收回了卡，一直把我们送到了小区的楼下。月光皎洁，晚风轻吹，远处有低低的蝉鸣，却是那么的忧伤落寞。

她小姨把我的手和她的手攥在了一起，目光真诚又哀伤地对我说："希望你能好好对她，以后好好在一起。"

"会的，我会的，你放心。"看着这位长辈如此严肃的表情，我其实有些心虚。

……

我们再次回到她家的时候，她姐姐和姐夫也从外地赶回来，显然已经知道她要跟我走。

她姐姐提议一起去吃东西，我们四人到了一家餐厅。她姐夫对我说："明天你和雪就要走了，临行前大家一起聊聊，有什么话就直说，都别见外。"

她姐姐话锋一转，对我说："既然你要我妹妹到你们那儿，那你可得照顾好她，我可不希望她大老远去了又哭着回来。"

"姐姐，放心，不会的。"我口上说着，但心里有些不舒服。很明显，他们对我有点不屑。

"原本又不是找不到好男人，可她却偏偏要跟你去云南，都不知道为什么。不让她见你，她就老一个人哭，我们也不忍心，希望你以后好好对她。"

我沉默地点点头。

这时，姐夫忽然对我说："小沈，咱们好话丑话都先说了，我可以把你当亲兄弟，你要有困难我可以鼎力相助，但以后你要对她不好，我可饶不了你。我对她比对我亲妹妹还好。"

雪看一眼她姐夫，没好气地说："姐夫，你别这么说，否则，我以后就再也不理你了。"

"赶紧吃东西，堵上你的嘴。"她姐姐把一块牛排夹到丈夫碗里。

我和雪相视一眼，顿时感觉暖意融融。

她姐夫看着我道："我这人心直口快，没别的意思。小沈，你别介意。"

又对雪说："雪，你也是，姐夫这不都是为你好吗？当然希望你们能幸福美满地走到一起。"

我说："那是啊，明天我们就要走了，来，姐姐姐夫，我敬你们一杯。"

大家一起举杯畅饮，原本有些生疏的感觉顿时也融洽了一些。

结完账，她姐夫拿出了一万元递给我，要我收下。

"这是什么意思？"我不解。

"没别的意思，初次和你见面，以后还有谁会比我们两兄弟更亲呢？你们在那边也多买点东西，姐夫的一点心意。"他一边说一边把钱递到我手里。

我忙推辞，不知如何是好。

"收下吧！既然是姐夫的一片心意，我们也不见外。以后你要过得好了，彼此照顾就是了。"雪看着我说。

"那好吧，谢谢姐夫了。"

"哈哈哈，客气什么啊？"

"以后接你们到云南玩，给你们包机票。"

"好啊，我们会去看你们的。"

……

第二天在机场，她的亲友们来送行，听得最多的话就是"你要照顾好你自己，去了那边也经常打电话，我们还是朋友"。

我看见她姐姐不舍地拉着她的双手，眼里含着晶莹的泪花。我走上去，对她姐姐道："姐姐，别担心，以后会再回来看你们的。"

她点点头说:"好,我和我妹妹单独说说话,你先等一等。"

他姐夫站在我旁边和我有一句没一句地闲聊。

机场的广播最后一次通知登机。

我看着她们还在依依不舍,心想再不走就要耽误了,不会是临时变卦又不走了吧?

29

携手同行

　　就在我四处张望起疑心的时候,只见她朝我走过来,并向她姐姐挥手道别。我看到她眼中有些许的忧郁和迷茫。

　　"亲爱的,我知道你内心此刻一定很纠结,但别伤感了,一切会好的,以后想回来就回来,现在交通那么发达,从昆明到北京,也不过几个小时的工夫。"我安慰她说,"我倒觉得此时,是我一生中最快乐的时光,因为我们终于在一起了。跨越了多少障碍和藩篱,终于走到一起了。你说呢?"

　　她无声地点点头,靠到我肩膀,安然地闭上了眼睛,那长长的眼睫毛下还沾染着些许泪痕。看着她那有些楚楚可怜的样子,刹那间我觉得有些心疼。

　　"我有些累了。"她悠悠道。

　　"那就靠着我睡吧。等你睡醒了,咱们就到云南了。"

　　"累,却不想睡。"

　　……

几个小时以后，我们到了昆明，当她走下飞机踏上这片土地的时候，我看见她的神情复杂，猜想她的心情一定很纠结。

"怎么了？雪，后悔跟我到云南？"我牵着她的手，问她。

她看着我道："后悔？决定了为什么要后悔？我可不是这样的人哦！"她举目眺望远方道，"高天，流云，飞鸟，还有山峦，又到美丽的云南了，多开心的一件事呢！"

语毕，忧伤的神色一扫而光。

黄昏，盘龙江边，到了日暮的时刻。

忽然，她驻足江边，伤感道："我离开家了，为了爱情，我舍弃了所有。"她的语调带有几分凄然。

我的心弦忽然被触动了，那一刻，我终于相信在这个世界上原来真的有这样的爱情。这么多年来，我一直都不明白什么是真正的爱情，曾几何时，我和很多人一样以为它只存在于传说中，人与人之间不过是尔虞我诈和逢场作戏，我更不会相信有人会为了所谓的爱情真的不顾一切，而此刻，我相信在这个世界上有真正的爱情。

"你怎么了？"她问我。

"没怎么。"

"你哭了？"她问。

我真的忍不住落下了眼泪，为她感动，甚至是有些可怜她。

"为什么，你不高兴？"

"不是，我是太高兴了！我们踏破红尘，望穿秋水，为的不正是此刻吗？我们想要的不正是这样的生活吗？永远不离不弃，生死相依。我太高兴了，所以高兴得流泪了。"我说。

她也笑了，笑容里泪光闪闪。

夜色浩渺，星辰如水。

情深未完成

"天黑了，起风了，我们去哪儿？"

"我觉得好对不起你。你舍弃那么多跟随我，而我却一无所有，就连现在要去哪我也不知道。"

她想想说，"我不介意。"

她的长发飘散在这城市的夜幕中，我紧紧地握着她的手，原来，这就是真正的爱！

纵使千山万水，纵使天各一方，纵使一贫如洗，却又何妨？

……

"走，亲爱的，我带你回家。"我牵起她的手。

"……"

"回家，我带你回家。"

"家？家在哪里？"她问。

"就在这里，有你有我的地方，就是家……"

江风徐徐，灯火阑珊，街上行人如织，车流如潮，年轻男人牵着女孩的手，一起走进这座对彼此都相对陌生的城市，开始他们新的生活，也许会有忧有虑，但他们彼此心中满怀着厚重而又真挚的爱，足以蔑视一切生活的困难和世事的严寒。

苍茫夜色中，他们逐渐消失在茫茫人潮中，融入时代的滚滚洪流……

当爱情没有到来时，我日思夜想望穿秋水；当她就在我身边时，我却有些不知所措，诚惶诚恐。

经济基础决定上层建筑，因为我还没有能力支撑起这份爱情，不知道当她舍弃了优越的条件义无反顾地来跟我一起生活又会怎样。

总之，开心之余不无忧虑，我总觉得亏欠了她似的。

按照之前的想法，要是她跟我一起回到云南，就更有可能留在我身边。姐姐说，她要是到了就帮她找份工作，等我毕业了，两个人就可以真的在一起了。

这期间，她的前男友东加过我 QQ，说他已经知道雪跟我到了云南，并发信息说希望我能好好对雪，末了又附加一句——如果你对她不好，你会看见我。

我看得出这个男人仍旧深深爱着他，哪怕她离开了他，他也依旧表现得情深义重。

当时，雪就坐在我身旁，我转身看她会有怎样的反应。

其实，我也在想东如此痴情于她，她是否会与之藕断丝连。

她冲我笑笑道："你回复他，就说谢谢他好意，不用他操心，我也不希望看见他。"

我照做了。

她也许想到了我的顾虑，对我说："你放心，我既然跟你来了，绝对不会三心二意，要是不爱了，我会坚决地告诉你，不会欺骗你，戏弄你。我希望你也一样。"

我点了点头，抱着她问道："亲爱的，你真的不后悔跟我到这里从头开始吗？"

"不后悔。"她几乎没有考虑地说。

"那就好。"

松开手，我看见她眯起眼睛，鼻子像是在嗅什么。她的脸上有淡淡的笑容。

"怎么了？"我疑惑地问。

"我闻到了一股味道。"

"什么味道？"

"爱情的味道。"

"在哪里？"

"在你的身上。"

……

在昆明的宾馆短暂住了几日，我们开始了同居的新生活。

"我感觉好像做梦一样。"清丽而皎洁的月光静静打在床沿，我一直觉得这样的场景似乎是幻觉，但此刻她真真切切依偎在我的身旁。

"呵呵,现在大梦初醒。"她调皮地看着我笑，漂亮的小嘴噘起一道优美的弧线，那双闪亮的眼睛盯着我不放。

"哎,你干吗用这样的眼神看着我啊?"我说。

"哈哈,猎物!我是猎人,你就是我的猎物。"她竟然像个爷们儿似的跟我勾肩搭背。

"你才是我的猎物,我是猎人。"我心想,看我不收拾你。

"不许欺负我,否则,我要告诉我妈。"

"你妈又不在。哈哈。"

我压到她的身上,但看到她那楚楚动人的清纯眼神,忽然又有些不忍亵渎。

我正准备离去,她却从身后抱住我。我想我们是真正在一起了,我的人生得到了一种从未有过的安宁和满足。

在一起的日子（一）

一天清早，我起身，出门去给她买早点。

等我回去的时候，她还在睡。

"乖，起床啦，太阳晒你大腿啦！"

她无动于衷。

我伸手把她弄醒，她终于哼了两声，故意噘着嘴巴埋怨道："别惹我。"

"给你买早点啦，快起来吃啦！"

听见有吃的，懒虫终于有动静了，饥饿战胜了困倦。

她睁开眼睛看着我："好香啊，你买什么啦？"

"买了你喜欢吃的过桥米线，大小姐，请用膳。"

她咧嘴笑了："嗯，这还差不多，你以后每天都会给我买早餐吗？"

"可以啊，乐意效劳。"

"呵呵，还有午饭，晚饭，你都要做啊！"

没想到她得寸进尺，居然颠倒传统，还要我做饭。

"嘿嘿，这个再说吧！难道你不会做饭啊？"我反问。

"不会。"她居然想都不想就说。

"那你会干什么啊？"

"什么都不会。"她一笑而过。

"不会吧！这可不是我一直觉得优秀完美的你啊！"我给她戴个高帽子，好让她不要这样养尊处优。

她起身理理头发坏笑道："呵呵，你猜错了，我真的什么都不会啊！我也不是完美的，你找了我，就等着受罪吧！"

梳洗过后，她终于慢腾腾地开始吃东西了。

"嗯，这个米线味道不错，明天再给我买。"她吃得津津有味。

"呵呵，你喜欢就好。"我说。

"嘿嘿，我之前还一直纠结我的选择，但现在觉得不那么担心，不那么后悔了。"她看着我有些开心得意道。

"肯定不会让你后悔，不能让你荣华富贵，也不能让你权倾天下，但有一颗爱你的真心，能让你幸福一辈子。"我又信誓旦旦地说。

没想到她狡黠地一笑道："我信啊，要不就不来了，但我要和你约法三章。"

"约法三章？"我疑惑。

"第一，不许随地吐痰；第二，每天都要洗澡；第三，每天都要做家务。"她居然一条一条地给我罗列好了，末了又问我："亲爱的，你能做到吗？"

对此我深表无奈，彻底明白了相爱总是简单而相处却很难的道理。

"怎么了？不乐意？"她眨巴着大眼睛看着我。

"唉，好吧好吧。真是拿你没办法。"我淡然一笑，心想她牺牲那么多了，现在我多付出一点也无所谓了。

同居的生活开始了，我觉得恋爱是完美的，但生活在一起却少不了瑕疵，不过既然真心相爱，一切艰苦也都变成快乐了。

有人说逛街是女人的天性，她也一样。

"我刚刚才从楼下买了早餐上来哦。"听到她又要拉我下楼，我有些委屈道。

"怎么？不愿意跟我去啊？"她站在镜子前又精心打扮一番，转过身看我，一副迷死人不偿命的样子。

我只好说："没有。怎么会呢？"

人是会改变的，特别是当你遇到真正爱的人的时候，你会为她而改变。

她穿着白色的裙子，裙裾飘扬，我依稀可以闻见从她发丝散发出的阵阵清香，让人心旷神怡。她是一道靓丽的风景线，走过的地方，总会有路上回头侧目。

在一家精品店，她看到一件男装，颇有风范。

她转身问我："你喜欢吗？"

"还行。"我点点头。

"我看也不错。要不你试试？"她笑看我道。

导购员也抓住时机赶紧促销："是啊是啊，这款是我们今年最流行的款式。"

"试试啊！"她又说。

"真不用，说了陪你逛街给你买衣服，我不用。"我摆手推辞。

"这位先生你就试试吧，你女朋友一片心意。"女导购也跟着道。

穿上那衣服，我对着镜子还是觉得很别扭。其实我对穿着并不是很在意，能穿就行，觉得没必要穿什么名牌，这多属虚荣浪费的表现。

女导购再次展示了她的舌剑功夫，继续展开营销攻势："哟，帅哥，你女朋友太有眼光了，你穿这衣服很好看啊，赶紧买了吧！"

雪看着我，开心地笑了，又问导购道："好啊，多少钱？"

"三千块，这是一个很知名的品牌衣服。"导购说。

我立马冲上前去阻止，赶紧道："不要了，谢谢啊！"说完赶紧拉着她的手往外走。

没想到她却挣脱我的手，回头对导购说："我要了，请你给我装一起吧！"

"好的。"导购员干脆利落道。

我顿时有些目瞪口呆。

走出店门，越想越不对劲，忍不住和她说："傻瓜，你这样怎么能行呢？人家说三千就给三千啊？你买了这衣服，人家转过身恐怕还要说你傻呢！"

"我以前买过这个品牌的衣服，人有高下，衣服也有档次，几千块的衣服鞋子，也都是很正常的，我在家也经常买。"

听她这么一说，我顿时有些愕然，不想反倒被她数落了，心想要是这样的话，我上学买了几年的衣服都还不顶这一件呀！几千块的衣服对她来说都很正常，那么，以后她要跟着我，我岂不是连一件衣服都给她买不起？

我感觉有点别扭："其实这件衣服穿起来也没什么特别的，简直是一种浪费。"

"也没什么啊，我为我的爱人买一件衣服，算什么浪费呢？从北京到云南这么远我都跑过来了，再大的牺牲都付出了，这又算什么呢？"她说。

"可是……"我想了想，"应该我来买，应该我买给你。"

"呵呵，这是为什么呢？"她故意噘着嘴巴娇俏道。

"因为我是男人，男人应该奋斗，应该买衣服给他的女人。"

她又笑了，想想道："没事啊，你现在还是学生呢，以后吧，等你有钱了。"

看着她那傻傻的笑，我的心里暖暖的，说："等我毕业了，我一定要努力奋斗，要挣好多钱，给你买各种各样的衣服、鞋子、汽车、别墅，要为你建一座城堡，而你就是城堡里的公主。"

她笑得前仰后合，拍我一下道："得了吧你，先好好学习吧！"

那天，我们逛了整整一天，她给我买了一件衣服，却一件都没给自己买。很久以后，我仍为此深感愧疚。

31

在一起的日子（二）

我不知道现在为什么有那么多人喜欢狗，至少我对此没什么感觉。那天早上，我买了早点回住所的时候，被一只流浪狗一路尾随。我将计就计，用一根火腿肠引诱它，恰好引此狗到宾馆，就说是我送给她的礼物。

已经九点了，她还赖在床上不动。忽然流浪狗旺旺叫了两声，她顿时就睁大了眼睛，提起了精神。

"嘿嘿，哪里弄来的小狗啊？"她开心地笑了。

"不知道哪里的，这货跟我一样贪吃，在街上就一直跟着我。我用一根香肠就把它引诱回来，供你消遣，多个乐子。"我把买回来的早点放到桌上。

"哈哈，这狗跟你一样贪吃啊！狗狗啊，为了一根香肠，你就把自己搭进去了，值得吗？"她起床去逗弄那条狗的胡须。

"它可以无悔了，有你做它的新主人，它乐意还来不及呢？"我把买来的面条递给她。

她忽然有些感动道："真没想到你会自觉去买早餐，我不过随口一说，你真的每天都去买？"

"这有何难？"我说，"我本来就睡不着，出去走走挺好。"

"要是一辈子都能这样就好了。"她看着我，忽然眼眶有些湿润道。

"可以的啊！"我不明白这有什么好伤感的。

新来的狗狗看着我们，若有所思。

雪把碗里的肉弄出来喂狗吃，小狗顿时乐了，吃得津津有味，吃了一块还想吃第二块。不一会儿，她竟然把早餐里的肉都给狗吃了。看着狗吃了肉，感觉比她自己吃了还高兴。

她很开心地说："你看，它多乖啊！我刚才扔了一块布垫，它就乖乖地蹲在那里了。"

"哦，那真是有意思，看来它认定你做主人了。"我笑道。

她想想，接着道："以后我们把它当孩子养，我先去给它洗个澡。"

"啊！"我可没有打算养一只狗，"这里并不是我们的家，我们也只不过是过客而已。"

她沉默了。后来小狗跑到院里，几个在此玩耍的小孩纷纷围上来。她把小狗送给了其中的一个小孩。看着小孩快乐地把狗抱走，她眼中流露出落寞的神色。

……

正在我们打算去哪里逛逛的时候，姐姐打电话问有没有时间一起去爬西山，我们一拍即合，欣然赴约。

雪和姐姐相处融洽，无话不谈。她悄悄从包里拿出一对耳环道："姐姐，我从北京给你买了一对耳环，送给你。"

"谢谢，以后我们也是姐妹了，有什么可以帮忙的，你尽管和我说。"姐姐笑道。

山爬到一半，只听她气喘吁吁叹道："这山怎么这么高？什么时候能爬到顶峰？你们怎么都这么能爬呢？"

我说："你没事吧？真的有这么累吗？"

姐夫笑道："看来'小北京'是爬不动了。"

我看着她汗流浃背，脸色苍白，我不由担心道："要是走不动了，我们就先下山吧！"

她做个鬼脸道："你们本地人经常爬山，自然是厉害的。"

姐姐提议到山上的农家乐去吃午饭，顺便休息一会儿。吃完东西，见天气炎热，大家都说等太阳不那么烈的时候再继续爬山。

农家乐里有象棋、扑克，水足饭饱，姐夫拿着象棋道："要是有人和我下象棋就好了。"

"是吗？"雪故意问。

"是啊，你会下？"姐夫问。

"会一点点吧。"

"那不如我们下一盘？"

"雪，姐夫的象棋可是很厉害的，你还是不要下了吧，要是输了我可没办法帮你。"我笑道。

姐夫狠狠瞪了我一眼，我捂着嘴笑了起来。

"小兄弟，师父还要你帮吗？"她做个鬼脸，故意调侃道。

我忽然想起来第一次在宾馆无聊的时候她教我下象棋，只好笑着拱手道："好，师父，您请！"

没想到这两个象棋迷就这样开始了对弈，更没想到的是这一下就坐着不走了，直到日落西山。

姐夫是个象棋痴迷者，造诣不浅，几乎未逢敌手，只见他们忽而步步为营，忽而沉默深思。最后，姐夫终于沉不住气，开始抓耳挠腮了。

"哈哈，姐夫，你输了。"她开心道。

"真的？"我问姐夫。

"真的输了。"姐夫有些沮丧道，"没想到这小丫头这么厉害。"

"日落西山了。现在不用继续爬山了，我们下山吧。"她接着道。

情深未完成

"哦，原来你不想爬山就用下棋来遮掩。"我说。

"也许是吧！"她嘿嘿一笑。

姐夫挠挠头，有些面红耳赤，深吸一口气道："没道理啊，我居然会输给一个小姑娘！"

姐姐拉他一下道："走吧，输了还不愿意承认。"同时，笑着对雪道："雪，你好厉害啊，以前他经常说他下棋怎么怎么厉害，看看，现在自食其言了吧！"

"啊？！没有，其实姐夫不过是让着我罢了，他本来早就可以赢了，而我呢，下棋太久了又坐不住，所以趁他不注意就偷袭成功了。他下棋还是很厉害的。"雪解释道。

姐夫听她这么一说，顿时也释然了，笑道："呵呵，下次有机会再找你下棋，报这一箭之仇！"

因为对下棋没有研究，我并不知道他们说的话是真是假，但有一点是可以肯定的，雪的确是一个很聪明的女孩，我对她瞬间更加钦佩了。

眼下正值暑假，我尚有闲暇的时间，和她分享共同生活带来的全新体验。

一天，我借了辆电动车出去买吃的，不想刹车失灵，在一个十字路口，我连人带车都被一辆摩托车给撞了，手臂留下了长长的擦伤，真是生生的疼。

"疼吧？"诊所的医生说。

"还用说吗？"我说。

"还会更疼，要给你用药水消炎。"说着，医生一边拉住我手臂，一边用红色的消毒药水对着伤口冲洗下来。

淋过药水，那股剧烈的疼痛直抵神经。

雪走到我身边，紧紧握住我的另一只手，那份温热和情意从她的手心里传来，一直暖到我心底。

虽然只是一个微小的举动，但我很感动，心想："我们的生活，我们的世界，甚至我们的存在，不就是因为有了爱，才变得有意义和希望吗？"

养了几天，感觉已经恢复了，我想干脆回家住几天，免得住宾馆太破费，于是我又带她回老家了。

再次看见我的父母，她表现得异常亲切。

"叔叔阿姨，你们好。"她言语亲切，并不显得生疏。

"雪，你来了！欢迎欢迎。"父亲说。

"我也想念你们，有几次做梦都梦到回到这儿。"她也笑着道。

"那以后有空常来玩。"母亲说。

晚饭时分，父母很热情地多做了几个菜。她也好不开心，笑道："真好吃，我以前都没吃过，以后可有的吃了。"

"来，我给你盛菜。"父亲主动给她添菜。

"谢谢叔叔！你就像我父亲一样和蔼可亲。"她想想又道，"阿姨也是一样的，就像我妈妈一样平易近人。"

我父母听后都受用得很。

我心想，这小丫头嘴还挺甜。

不想母亲居然说："啊，是吗？要不我和你妈妈打电话说说话，告诉她你现在已经平安在我家了。"

"呵呵。"她吃一口饭，笑笑道："阿姨要给我妈打电话？"

"是啊！"母亲说，"怎么了？"

"不要吧！"我赶紧道。

"你懂什么？"没想到我妈居然这样说。

"没什么不好。"雪道，"我只是觉得很有趣。"

吃完饭，我母亲真的给她妈打电话，说："你女儿在我家，你放心吧，不会饿着她的。"

可那边似乎听不大懂我们的方言，说半天，母亲只好放弃。

雪接过电话说："妈妈，他妈妈问候你，说我在这里很好，你放心吧！你好好照顾自己，不要担心我。"

隐约间，我又听见她妈妈的声音："只要你快乐幸福，妈妈就开心了。"

说罢，只见她脸上又显出忧伤的神色。

……

夜幕降临，甜梦正酣，她把我叫醒："我想上厕所啊！"

"那你就去呗！"我迷迷糊糊道。

"该死！"她噘着嘴巴生气道，"我不敢。"

"怕什么，厕所就在院子里，你穿好衣服带着手电，自己去吧！"我实在太困，准备接着睡。

"外面太黑了，我怕。刚才去过一次，我又吓回来了。"见硬的不行，她只好来软的。

"没什么的啊，胆大一点，很安全的。"我有点耍赖。

"求你了，好不好？你跟我一起去！"她又把脸颊蹭到我头上，像猫咪一样撒娇。

我只好穿好衣服，陪她一起去厕所。

"你在外面守着我。"

"好吧！你放心吧！"

等了好一会儿，我问："亲爱的，你好了没？你是大号还是小号啊？"

"大小一起。"

"快点吧，冷死了。"半夜的风嗖嗖地吹，我真是难受。

"还要一小时。"

"哎。"我叹息一声，这就是搞怪的女生啊！

……

第二天傍晚，我带着她在乡间小道上散步。

"跟我来这儿，你开心吗？"我说，"我想听听现在你内心最真实的想法。"

她挽着我的手笑道："开心啊，你们家人都对我那么好，那么善良，比我想象的还要好，我现在觉得好幸福。"

"真的吗？"我看着她问。

"真的啊，我现在觉得很幸福啊！"她开心地笑了，接着道："有我爱的人和爱我的人在我身边，哪怕身处地狱，也犹如天堂。更何况我一直认为，幸福并不是拥有多少财富，多少享受，而是像现在，你们一家人在一起开开心心快快乐乐的，那就是最大的幸福。"

季节的时钟已渐渐走向九月，短暂的假期接近尾声，我又要去学校报到了。她怎么办呢？

她原本说跟我一起回边城，那样就能天天陪着我，但我很快就毕业了，去了之后用不了多久就要回来找实习机会，当然问题的关键是，我在学校混得并不好，不想让她知道我的落魄。于是，我跟她商量，让她先住我家，待腻了就去昆明随便找个工作，等我回来。

"真不想回学校了，只想天天陪着你。"我别情依依。

"傻瓜，可不能因为感情的牵绊而荒废学业呀！男人应该志在四方，多去奋斗才对。"她看着我的眼睛，目光澄澈如水，笑道，"好好学习，天天向上。"

"好吧！"我也笑了。

临走的前一晚，家里堆满了刚从地里面掰回来的玉米，连个落脚的地方都没有。看着她楚楚动人的样子，我忽然觉得她根本就不适应这里的生活。

我想了想，把她叫到门外。夜色如水，星辰浩渺。

"怎么了？"她问。

"没什么。明天我就要离开你了，我们谈谈心吧！"我说。

"嗯，你说吧，我听着。"

"雪，我忽然觉得，我是否错了。"我忍不住，还是说了出来。

"什么？"她问我。

"也许你根本不应该来，不应该这么冒险，不值得。"我说。

"你什么意思？"她睁大了眼睛问我，或许这句话刺激到她了。

"不，你不要多想。"看着她这么激动，我慌了，忙捏捏她下巴，笑笑道："我只是怕你不习惯，让你受委屈。"

"怎么会呢？叔叔阿姨对我那么好。在大都市待久了，我反而喜欢这样的田园生活。"她笑着说。

"真的？"

"是啊！"

我没再说什么，可总觉得她楚楚可怜，还是忍不住说："我一直有句心里话想要和你说。"

"嗯，你说。"

"如果你觉得不想在这儿，那你随时都可以离开，真的，我不会怪你。"我说。

"你看，你又来了，瞎想什么呢，要赶我走是吧！我偏不，就要赖在你们家了！"她狡黠一笑，冲我调皮地做个鬼脸，神态可爱至极，让我不忍再说什么。

第二天一大早，她一直把我送到了小村外。我们手牵着手，稻香飘飘，秋色无限，可我们眼中只有彼此。

"要上车的快点！"司机叫我，要开车了。

"我真的要走了。"我看着她闪亮的大眼睛道。

"嗯，记得想我哦。"

"我会的。"我回首，她笑着站在小村的土路上朝我挥手，可她那亲切的笑容却让我觉得有些心酸，也说不出什么原因。

几天后，我再次来到边城。

可我的心，却一直留在她的身边，从未离开。我常常打电话给爸妈，要他们善待她。

在老家没过几天，雪就到了昆明，和姐姐姐夫一起住。那时候，他们也在租房，房子不大，只有一个卧室。姐姐姐夫睡在卧室里，她就睡在外面的沙发上，一睡就是一个多星期。

起初，姐姐和我说："她经常一个人站在窗前发呆，也不和我们多说话，后来她说她想自己住，就自己租了一个房子。"

而我和她打电话的时候,她总是表现得很开心,全然没有一点失落的味道,还总是叫我好好读书,别因为她而耽误学业。

　　这让我更加觉得有愧于她。

　　过了一段时间,姐姐打电话和我说:"她真好,现在和我们相处很好,也不拘束了。平常我们经常一起逛街,我们都很喜欢她。"

　　我心头有了些许的安慰,继续在边城虚度时光,只盼早些离开。

　　我的生活虽然平静无波,但因为有了这样一个寄托,就变得不可思议起来,那感觉,就像是朝一池平静的死水投进一颗石头,荡起了层层叠叠的涟漪。

　　这是我大学时期的最后时光,我却只盼着早些结束,全然没有考虑到生存的压力有多大。

　　相反,一枚仇恨的种子一直隐藏在我心里。一年前被打的事情至今历历在目,虽然与旺岩表面握手言和,其实,我无时无刻不想揍他。看着他嚣张无比盛气凌人的样子,我的内心就无比痛恨。

　　一个声音在我内心呼喊:不能就这么算了,要报仇雪恨!

　　我想如果我就这样忍气吞声地离开,也许以后就会变得懦弱,我不愿那样,我想再次找回高昂的斗志。

　　这时,手机铃声忽然响了起来,是雪给我打来的电话,我深吸一口气,接起了电话——

　　"风,你在哪儿?"

　　每每听到她那柔和的声音,我总会觉得可怜兮兮的,心中不免一阵恻隐,"我在学校呢,刚刚下晚课。"

　　夜风继续吹,边城的风声很大。

　　"是什么声音啊?"

　　"是风声。"

　　"风很大?"

　　"是很大。"

情深未完成

"感觉好可怕。"

"没什么。"

"你要好好的，要保重自己，我这么大老远过来找你，我们好不容易走到今天，你一定要好好地回来见我呀！"

"嗯，我会的。"我想了想，叹口气道。

她的话忽然犹如迎面而来的一瓢冷水，我顿时有些清醒了。

我原本只不过是一个堕落的青年，一个混日子的学生，怎么一下子就有了这么好的女朋友？

我犹豫了。我一直想报复那些我恨的人，但结果一定会很糟糕。即使真的报仇了，估计我可能再也走不出边城了。

我低下了头。或许是拥有爱，就多了一分顾忌和约束，少了一分不羁和冲动。

我放弃了仇恨，放弃了报复，在顺利拿到毕业证后，就匆匆从边城赶回了昆明。

雪提前给我打来了电话，语气轻柔地和我说："风，等你回来了，我们就有家了，有你有我就是家……"

那刻，在我的心中，充满了对爱的无限希冀和憧憬，恨不能脚下生风，臂上长翼，马上回到她的身边。

……

32

面对新生活

毕业了,坐了一夜的车,第二天黎明,我到达昆明。

下车后我就看见她站在车站边的路灯下。

看着她的样子,我的心头一阵悸动,更多的是心酸和愧疚。

其实,我昨晚和她说过可能会半夜到,不用来车站等我,但她还是坚持要来。也不知道她几点就到这里了,我想她肯定没睡好,半夜里起来打车到车站其实并不近,也许还有危险。我想想,更有些怜惜她了。

她不知道我已经走近了,背对着我朝向街道旁的路灯,还拨弄着手机给我打电话。

"怎么不接听呢?"她喃喃自语。

我突然从她身后轻轻抱住她,她一下子就吓到了,挣扎着差点喊救命。

"是我。"我拉起她冰凉的小手。

"讨厌。你吓唬我?"她故意生气道。

"没有啊,我想给你一个惊喜!等我等得辛苦吧!走,天还没亮,我们回去睡觉吧。"我又笑道。

"真是讨厌的家伙,你自己回去睡吧。"她又故作娇嗔。

我笑了笑,觉得她越来越可爱。

"我租了个房子,以后就是咱们暂时的家了。"她拉着我手说。

"哦,这些日子辛苦了,我真是觉得好对不起你,好惭愧。"我说。

"傻瓜,这有什么啊,你干吗老说这种话?你对我很好啊,即使对我不好,那也是我的决定。我决定了,就不会后悔。"她决绝道。

"放心吧,我会对你好的,现在会,以后会,一辈子都会。"我也信誓旦旦。

……

到了租住处,我问道:"就是这里吗?"

"是啊,租了一间小区房,城中村不安全,我害怕。"她说。

"也是,小区相对安全一些。"

我们提着大包小包上楼了。这是一处略显老旧的小区,不过位置还好。我没有到过这里,不过此刻,在我眼里,这就是我的家了。因为有她在,有一个在等我的人在,这里就是我的家了!

走进屋子,感觉里面别有一番天地。她把屋子的每一个角落,都布置得焕然一新,温馨漂亮。桌前的檀香还在缓缓燃烧,满屋子都是檀木的香味,墙上还挂了几幅很有味道的字画,电视机前摆着一束火红的玫瑰花,阳台上也摆满了茂盛的花卉,每个角落,好似都经过精心打理,纤尘不染。

此时,天亮了。打开窗帘和窗户,霞光万丈,我们就要开始一段全新的生活了。

"亲爱的,天亮了。"我搂着她道。

"是啊,天亮了。漫长的黑夜都过去了,以后我们就要幸福地在一起了。"她说。

漫长的黑夜过去了,为了相聚所付出的种种艰辛,以及此前在边城的种种煎熬,都过去了。明媚的阳光普照,我的生活重新开启。

"你饿了吧?坐了那么久的车,我给你做饭。"她说。

"啊?"我愕然,心想饶了我吧,本来很饿了,要是再等几个小时,吃着半生不熟的饭菜，那真是痛苦啊！

"不用了，你挺累的了，我们一起出去吃早点好不好？"

她转身，略微生气道："你不相信我，肯定觉得我做得不好是不是？"

"没有。"我有些尴尬。

"那你就坐着，一个小时之内我就做好。"她自信满满地说。

"是吗？"我有些不信。

"你等着好了。"

我斜倚在沙发上笑了，感觉很幸福。

让我没想到的是，一个小时之内，她竟然真的做好了饭菜。我尝了尝，虽然称不上十分美味，但已经有相当大的进步。

……

吃完饭，我又感到微微的疲惫。

"多少天没洗澡了？"她问我。

"啊？"我有些羞赧，这几天确实没洗澡。

"累了吧？"她问。

"没事,本来很累的,但看见你,就又感觉不累了！"我笑说,"来,过来我抱抱，真想你！"

她冲我努努嘴做个鬼脸道："才不要！"接着又问我："你的考试怎样了？英语考过几级了？会计证考过了吗？"

"没有。"我有些不好意思。

"真不想理你。"她有些生气地对我说，"现在找工作多难啊，你要是什么都没有，如何去应聘呢？如何让自己生存？又如何照顾我？如何建立一个家庭？"

她为我不惜一切，放下所有，而我能否带给她一生的幸福？

我轻轻抚摸她的肩膀道："别生气，车到山前必有路，总有办法的。我想我会找到工作，会有所成就，不会让你失望的。"

33

找工作

闲了一段日子,没有工作,没有收入,有的只是大把的时间。

"凤,咱们不能一直这样下去,没有无源之水,坐吃山空不是长久之计,要不我们一起去找工作吧,我也休息好久了。"她说。

阳光洒进客厅,白花花的,让我觉得很残酷。

"我也这么想的。你说得对,我应该去找工作,去奋斗。我说过,等我毕业了,我要去努力奋斗,去赚钱,给你买好多好多的衣服和鞋子,买汽车,买别墅,要依靠自己的努力,让你成为幸福的公主。"

她笑了。

"我明天就去人才市场看看。"

"好啊,休息得也差不多了,咱们一起找工作。"

"你?"

"怎么?"

"你要去找工作？你行吗？"我问。

"有什么行不行的？"她眨巴着大眼睛道，"离开北京，来到云南，就意味着从零开始。以后，我就要跟你一起同甘共苦共同奋斗了。"

我叹息一声："我……真是对不起你啊！"

"没什么，人本来就应该靠自己奋斗的，你刚才不是说你要为我努力奋斗，给我买好多好多想要的东西吗？"她笑说。

她的眼睛会说话，特别是当她看着我的时候，我总是这样觉得。

第二天一大早，我就乘坐公交车来到一个大学生招聘会现场，只见人山人海，摩肩接踵，人们都流露着渴望的眼神，希望能够早点找到一份好工作。一些知名度稍微大一点的企业前早已经排上了长队。最终，我来到一家房地产公司的展台前。

招聘者是个趾高气扬的女士，戴着贝雷帽和墨镜，前面的人递上简历后，她只是随便翻看一眼，便往桌上一扔。只见桌上的简历已经堆起了快有半米高。

轮到我的时候，她瞟了一眼我的简历，就退给我说："你不适合我们公司。"

我拿着被退回的简历，觉得脸颊火辣辣的，像是被人抽了一耳光，当时就愤恨得咬牙切齿。

晚上回到家，我感觉心里空落落的，满满的都是失落。

"回来了？"她笑颜如花。

"嗯。"我低头不语。

"呵呵，怎么了？找工作不顺利，受气了？"她问。

我点点头，叹气道："是啊，没想到找工作的人那么多，工作会那么难找。"

我坐在沙发上，低着头，感觉暗淡无光。

"哟，瞧你这德行，遇到这么点小挫折就长吁短叹的，这才第一天呢，找不着很正常啊，还一大老爷们呢，至于这么伤感吗？"她瞪着大眼睛看着我道。

我振作一下，故意道："没有啊，谁伤感了？今天找不着明天再找，后天找不着大后天再接着找，就这么一直找下去，我就不信找不着合适的工作。"

她又笑了，"我做饭了，咱们一起吃吧！"

"哦，不是说要我为你一直做饭吗？"我说。

"哪能呢！逗你呢，您就歇着吧，让本小姐伺候你吧！"

"那可真是前世修来的福啊！"

餐桌上摆着好几道菜，此外，她还用高脚杯倒了两杯红酒。

我有些意外："你这是怎么了？今天是什么喜庆节日？"

"庆祝我找到工作了呀！"她说。

"哦，是吗？"我问，"真的？"

她点点头，满脸都是得意的笑。

"快说说找着什么工作了？"

"想知道啊？偏不告诉你。"这姑娘又故意淘气了。

"该不会是什么乱七八糟的工作吧？"我不无忧虑。

"瞎说什么呢！"她有些生气道。

"开玩笑，我逗你玩呢，那你说说呗，让我也开心开心，我这一天都没遇到一件开心的事情。"我有些落寞道。

"话务员。"

"这个我还真有些没想到。"

"是这样，前几天我手机上收到短信说移动招聘话务员，今天就去试试，没想到就通过了，我明天就去上班了。"

"哦，挺好的，那面试的什么内容啊？"

"就是普通话和打字，咱是北京的，普通话肯定没问题，招聘的考官还说要跟我学普通话呢；打字嘛，跟你聊天都聊了几年了，更没问题了。今天测试一分钟打了八十个字，厉害吧？"

我赶紧拍手道："厉害厉害，以后可要向老师多多学习。来，学生敬你。"

我举杯跟她碰一个："祝贺你找到新工作。"

"你也要加油哦。"

……

明月皎洁无暇，城市的灯火阑珊，但我却觉得生活依旧是充满希望的，因为有爱在周围环绕，就会觉得前行充满了动力，哪怕遇到再大的挫折。

接下来的日子，我继续不停地寻找工作。

有一次，为了应聘一家企业，我早上六点多就去参加笔试，笔试结束后得到通知的留下来进入面试，但招聘的岗位只有二十个，应聘者却有好几百人。第一轮笔试我通过了，还有两百多人，用人单位要求分组面试，不巧的是，我被分到最后一组，一直等到晚上九点。期间，我随便买了点东西吃过之后就继续等面试，尽管如此，我还是无功而返。后来，我听很多人说，应聘好一点的单位和企业，都要找熟人、送礼，那样才有把握和希望，但那时一穷二白的我，全然是没有这些门路的。

接连一个月，我为了找一份工作到处奔波，最后却总是两手空空，失望而还。究其原因，并不是没有工作，只是适合的太少。毕竟寒窗苦读那么多年，真去扫街端盘子，传出去太让人笑话，自尊心也受不了；但稍微好一点的工作呢，又竞争激烈，甚至是惨烈，我毕业的学校并不好，根本没有任何竞争力。

我无奈地回到家中，看着那个貌若天仙的女子在我身边游走，失望的心情挥之不去。那一刻，我觉得自己好无能，像一堆废柴。

雪安静地坐在我身边，安静地看着电视。第一天，她问我找工作的情况，第二天还是一样地问，到了第三天她就不再问了。因为问的结果都是失望，索性不闻不问。

"雪，我觉得自己好无能，连份像样的工作都找不到。"窗外夜色如水，我却心烦意乱。

"唉！"她叹口气道："怎么会这样呢？要不咱们把要求放低一些，先找个差不多点的工作干着，以后再慢慢找机会，留得青山在不愁没柴烧。咱们先就业再择业吧！"

"但有些工作我又不想干。"

"比如呢？"

"比如什么推销啊，保险啊什么的，总觉得特丢人。"我说。

"这就是你不对了，职业无贵贱之分，为什么觉得丢人呢？自己给自己设下许多条条框框，难怪那么久找不到工作。有不少成功人士，不也是从最底层的销售干起吗？"她语重心长地说。

看着她闪亮的大眼睛，我痛定思痛道："好，你说得对，我明天一早就再去找工作。我就不信找不到了。"

"这就对了，有时候就是转变一个态度和观念的问题，你觉得呢？"

"好吧，那我转变观念。"我说。

我常常听到她在夜里轻声地抽泣，今夜她又哭了。我抱紧她，问："怎么了？"

她幽咽地说："我想家了，想妈妈了！"

她的泪水滑落到我的脸颊，我感到那泪水更像是直接流进了我的心里，击打着我的心，让我感觉很疼很疼。

我在想，也许她应该回到她母亲的身边，也许正是我，扰乱了她的生活节奏，让她糊里糊涂地离开了自己的母亲和家庭，远涉千山万水来到云南，却又要忍受无法尽孝的痛苦。

"没事，别哭了，今年过年我跟你去看她，好不好？"

"嗯！"

看着她那可怜兮兮的样子，我觉得很心疼。有时候，她还会吃中药，问她怎么了，要不要去医院看看，她笑说没什么，只说是胃不舒服吃药调理一下。她的身体的确虚弱，有一次，她无端地就晕倒了，后来问她要不要去医院，她却说没事，只是太累了。我坚持说去医院检查看看，她却异常激烈地反对，坚持不去。

……

我又在人才市场里寻寻觅觅，感觉自己就像一件失败的商品，永远上不了架，内心无比失落。

这时，我忽然看到某知名企业在招聘，围了不少人，于是赶紧跟过去看看。

"我们这次招聘的是销售员，需要出去跑市场，联系销售我们公司的各种饮料、方便面。"招聘人员说，"你愿意来试试吗？"

"我愿意。"我想都没想就答应了，因为闲的时间太久了，实在是无法忍受这样的日子了。我迫切地需要一份工作，哪怕只是为了证明自己的存在。

"那行，你明天就可以过来上班了，八点半必须要到公司报到，我们对时间要求很严格，不许迟到早退。"招聘人员态度威严。

"好的。"我领命道。

第二天，我早早来到单位。

"我是新来报道的。"走进公司的人力资源部，我如是道。

三十多岁的女领导在询问了我的大体情况后，傲慢地看了我一眼道："先安排你去跑市场，去营销部找×总报道。"

接着，我去了营销部，那位经理又向一位业务小组长安排道："找个人带一下新人。"

我跟着那个小组长又去了他所领导的小组。该小组一共有五个人，他对一个二十五六满脸是痘痘的女人道："小朱，这个新人安排给你带。"

那个姓朱的女人点了点头。

小组长接着对我道："小伙儿，以后她就是你师傅，有什么不会的多问问她。"

我也点点头。

就这样，我从最底层的营销岗位做起，还没过几分钟，那师傅道："现在出门了。有没有交通工具？"

"有一辆自行车。"我说。

"那行，现在跟我走。"

骑着自行车，我跟她沿着大街小巷跑营销，看看哪里还有尚未被开发到的渠道。

就这样跑了一整天，我感觉炽热的太阳已经把脸都晒黑了，心想要是长此以往跑营销，风吹日晒的，也够受的。

第二天，我还是坚持下来了，依旧是跟着出去风吹日晒地跑，但那天中午的一件事使得这个局面发生了转折。中午天太热，我在一家小店买了瓶可口可乐，那朱组长顿时瞪大了眼睛，表情怪异地看着我。

"你在做我们公司的饮料产品营销，怎么还买可口可乐喝？"她看起来很不高兴。

回到公司已经是黄昏时分，这一天下来感觉又累又饿，不想一辆卸载饮料的货车正停在公司门口，朱组长对我道："你，上去跟他们搬货。"

34

情敌相见

浑身疲倦的我犹豫了一下,只好咬牙冲上去搬运饮料,搬完了也差不多天黑了。又累又饿的我拖着疲倦的身体回到家里。

雪已经做好了晚饭,看见我累得满头大汗道:"辛苦了,辛苦了。"

"没事。"我说。

"洗个脸,快来吃饭吧,我做了你最爱吃的红烧肉呢!"她笑道。

"是吗?"我愕然道,"什么时候会做的呀?"

"今天下午下班早,我就看菜谱学的。"她说。

"呵呵,真难为你了。"

"傻瓜,怎么会呢?"她笑。

吃着她为我亲手做的饭菜,虽然味道并不怎么好,但我却觉得好幸福,白天的疲倦和不满也烟消云散了。

"今天怎么样,累不累?"她问。

"没事，年轻就应该多锻炼锻炼。"我说。

她笑了："好好干，我相信你一定会成功的。"

正在此时，我的手机响起来了。

接通后，对方道："我是公司的×总，经过这两天的考核，我们觉得你不适合这份工作，明天不用来了。"

"啊？什么？！"面对这突如其来的消息，我惊愕不已。

"什么？"雪也瞪大了眼睛问我。

"没……没什么。"我支支吾吾道。

"你撒谎。"

我有些木然，实话告诉她："那家公司通知我明天不用去上班了。"

她也有些惊愕，随后问我道："为什么呢？"

我低头无语。为何找份工作竟是如此艰难，就连这样的营销工作，我都被解雇，顿时觉得自己好无能。

"我也不知道。"想想刚才还在帮人家搬箱子下货，累成这样了还被解雇，不免心里觉得好憋屈。忽然想了想，也许是中午买的那瓶可口可乐惹的祸。不过事已至此，我也懒得去想了。

雪也轻微地叹息了一声，随后安慰我道："没事没事，不行咱们再找，反正也不是什么好工作。"

我点了点头，心里顿时觉得很闷，一个连自己都难以养活的男人，又如何去照顾好一个女人呢？

又是一连好些天，我依然在家闲着，感觉生活步履维艰，甚至就连生存都已成了问题。我对生活原本还抱有的那点希望，在无情的现实面前，被蚕食殆尽，早前所有的少年轻狂，更已不复存在。

找不到工作的我就像一个无所事事的废人。我强打精神，又去了几家公司面试，结果一无所获。当我拖着疲惫的双腿迈进家门，却被眼前的一幕惊呆了——只见一个穿戴整齐的男人和雪站在屋子里！

这是什么情况？我的脑子里一片空白，顿时呆若木鸡。

"回来了？"倒是雪先开口了。

我没有回答，愣了一会儿回过神来问："他是谁？什么情况？"

那男的上下打量我一番道："就是你！"

"什么是我？"

"夺人所爱的原来就是你！"

"哦，我知道了。"我想了一下道，"你就是她前男友吧？"

"是我！"他说，"我就想来云南看看，她过得怎么样，你能给她带来什么。"

说罢，他叹口气道："没想到啊，她跟着你竟然是颠沛流离，居无定所。"

"胡说，什么颠沛流离，居无定所！我们这不好好的吗？"我反驳。

"呵呵，别吹了，据我所知，你连个工作都没有，甚至连这个房子都是她租的，你有什么？你能带给她幸福吗？你又凭什么说爱她？爱对于你，就是一句空话吗？"

"魏东，你没有权力责问我们，过成什么样是我们的事儿，跟你没关系。你走吧，这里不欢迎你。"

"雪，真不知道你这是怎么了！你跟我分手也就算了，但你都做了些什么啊？莫名其妙谈网恋，还跟这个莫名其妙的人到了云南一起过苦日子。你疯了吗？跟我在一起的日子，难道不好吗？我这次来云南，就是要你跟我一起回去。走，跟我一起走！"说罢，他强行拉雪往外走。

雪挣脱他的手道："要过什么样的生活，我自己决定，用不着你操心。金钱物质、豪车别墅，我不稀罕，我只要跟所爱的人在一起，安贫乐道，哪怕居无定所，颠沛流离，我也愿意！你走吧，我希望你找到自己的幸福，也希望你别再打搅我们！"

魏东听她这么说，又如此坚决，冷冷哼了一声，扬长而去。

我一直站在原地，还没来得及思考要如何应付，就已经结束了。

雪走到我身边，我看着她，却又不知道该说什么。

"怎么了？"她看着我。

"唉！"我叹口气，"我也不知道该说什么，跟着我，真是委屈你了！"

"风，别说这样的话！"她说，"爱情没有什么委屈不委屈的，要是觉得委屈，我就不来了。我说过，只要跟你在一起，这里就是天堂！"

"谢谢！"我不知道该说什么，竟然忍不住道谢。

"呵呵，傻瓜，你咋这么见外呢？不用谢！"她笑道。

"他是怎么找到这儿的？"我问。

"他应该是从我的一个闺蜜那里打听到的，竟然真的来了！"她说，"不过刚才你都看见了。"

我点点头。

"你后悔吗？"我弱弱地问。

"既然我选择了，我就不会后悔。我对你一百个真心，希望你也是。"她说。

"当然！我发誓。"说着，我举起手道，"上天作证，我对雪真心真意，今生今世，非她不娶，如违此愿………"

"唉！别说！"她一把拉下我的手，打住道，"有些话在心里就够了，不要说出来！"

说罢，她又关切地问："今天怎么样？找到工作了吗？"

"还没有！"我叹口气道，"不过有一家感觉问得挺多的，说先回来等消息。"

"那就再等等吧，没准儿过几天就通知你上班呢！"她说，"风，别老叹气，叹气是绝望的表现！"

"好吧！"我笑道，"有你这么真心对我，我还有什么好叹气的呢？"

"工作和爱情都不能耽误，不能因为有了爱情就裹足不前，男人还是应该以事业为重！"

……

日子一天天地过，又是一个周末。天阴，乌云压得很低很低，骤降的气温让人感到不适。

"雪，冷不冷？"我问。

"冷啊！"

"那过来我抱着你，就不觉得冷了。"

"才不要。"她手里捏着电视机遥控换频道。

"抱抱怎么了？"说着我就靠到她身边，伸手去抱她。

"哎呀，别拉拉扯扯的。"她伸手推我一下。

"我看看你的手相。"她忽然说。

"哦，怎么，美女你还会看手相？"

"会一点点吧。我妈以前经常买些命相书什么的，我无聊的时候也看了一点。"她拉起我的手掌，貌似仔细认真地看了起来。

我暗想，她无非是图好玩解闷而已，哪会看什么命相。

不过只要她开心，也由她吧。

看着她那一脸认真的样子，我觉得挺搞笑的。

"美女，都看半天了，看出什么门道了吗？"

"看出了。"

"哦？是吗？那有劳施主为贫僧解说解说。"我调侃道。

"这根是感情线，好像你的感情线很凌乱。"没想到她煞有介事地说，"那就意味着你不只要找一个女朋友，也许会有很多次感情经历。甚至，我也只是你生命中的一个过客。"

"说什么呢！"我赶紧打断她的话，"不许这么说，我说过，这辈子我就想和你在一起。今生今世，永不分离。"

她用一种近乎陌生的目光看着我，后来我终于明白，其实她如此说辞，不过是一种要离开的暗示罢了。

"你怎么了？"我摸摸她白皙光滑的脸颊。

"没有。"她忽然看着我问，"如果没有我，你会怎么样？"

瞬间，我语塞。

我扪心自问：如果没有她，我会怎么样？

"为什么忽然这么问？不是说好了要永远在一起的吗？"我说。

"只是提出一个假设而已，我想听听。"她撒娇道。

"好吧！"我低头想了想接着道，"那还能怎么样？还不是得照样过。当然，我会思念你，直到永远。"

"哦。那就好。"窗外下起了连绵小雨，她接着和我说，"有句话我想和你说，也许你会不高兴，但我还是想说出来。"

"嗯。没事，你说。"我看着她美丽的大眼睛，依旧动人。

"如果有一天我离开你，你不要恨我！"她平淡道。

"什么意思？"

"没有啦。我就是随便说说嘛，况且你能说这样的道理错吗？换言之，假如有一天你离开我另觅她人，那我也不会怪你，是我的魅力不够，留不住你的心。我会成全你。"

我想了想，那感觉很复杂，但一时也不知怎么表达。

忽然，她看着我的手腕道："风，我送你的那块手表呢？怎么好像你就从来没有戴过？"

"啊？手表？"我心头一惊，无言以对。

"啊什么啊？你不会弄丢了吧？"

"没有。"我语无伦次，"怎么会弄丢了呢？"

"那你放到哪里了？"她接着问。

"这……"我支支吾吾。

"怎么？"

"没。"

"那你到底放到哪里了？你不说实话我就再也不理你了。"

我想了又想，实在找不出更好的理由，觉得如果撒谎还不如实话实说。

于是乎，我鼓起勇气直言道："那我说实话，你不要怪我好吗？"

"你说。"她看着我。

"我有段时间贪玩,去玩一种赌博游戏,结果输了几千元钱,后来把学费都垫上了,为了支付学费,我没有办法,就想到那块手表,没想到还挺值钱的,我送到典当行当了五千元钱。这件事一直纠结在我心里,觉得对不起你,也深感后悔与自责,一直想和你说,却不知道如何开口,今天,我终于说出来了,希望能得到你的原谅。当然,你要怪我,我也无话可说。"

我的话音未落,她就一下子像变了个人似的,神情瞬间变得有些麻木,整个人像冰封了一样。

"怎么了?"我伸手碰了一下她肩膀。

"别碰我。"她忽然异常生气。

我有些愕然,很少会看见她发脾气。

她起身离开我,冷冷道:"真不知该如何说你,我真想现在就跑到雨中再不回来。"

"哎呀,不就是一块手表吗?"我走到她面前伸手去捏捏她的下巴道,"至于这么生气吗?生气就有损你的美丽形象了。"

她一把打开我的手。

"你真是不折不扣的傻瓜,你还以为换了五千块钱你赚了,我告诉你,那块手表当时的售价是三万多。"

"对不起。"我一下子深感自责,伸手打了自己一耳光。

此刻,外面已是瓢泼大雨,揪心的气氛让我无所适从。

良久的沉默。

我实在难以忍受,开口道:"难道,我们的情意,还比不上一块手表吗?"

"不是手表的问题,我送给你,就不在乎它的价值。但它就代表我,代表我对你的一片真心,你居然把它典当了,让我觉得我的爱情,是在冒险,或许我错了,我是否过于草率,就这样迷迷糊糊地来找你?"

外面的雨下得更大,有树叶在风中飘飞……

情深未完成

35

不为此岸只为彼岸

　　我觉得情况不妙，莫非，她的思想已逐渐转变，真的正在远离我？我们的感情，难道也已经风雨飘摇，危在旦夕？

　　她看着窗外的冷雨，以背影相对。

　　想到这儿，我有些激动："我想，我们是否有些误会？我知道，我暂时没有找到工作，还把你送的贵重手表典当了；我承认，我以前很幼稚，但人总是需要成长的，你也不要因为眼前的困难而否定我，困难是暂时的，我总会走出困境，并且一定会改掉以前的坏习惯。我们跨越千山万水的风雪之恋克服了多少的曲折和困难，才终于走到今天，如果你还对我有怀疑，叫我情何以堪？"

　　看着她不为所动的样子，我竟然真的流泪了。

　　她见我哭了，终于走过来道："好了，男子汉大丈夫还哭什么啊？叫人看见了要笑话的！"

　　"你肯原谅我了？"我拉着她的手道。

"不原谅又怎样？事已至此，木已成舟，多想无益。我也是有脾气的，你太让我生气了。只希望你以后一定要痛改前非，不要再那么幼稚，不然我真的会越来越失望，越来越看不到希望的。"

"嗯，我会的。相信我。"我信誓旦旦，"等以后，我给你买一块几十万的手表补偿你。"

她叹息一声道："算了，既然无法挽回，就只当买个教训吧，但你从来没有和我说过你会去赌博。"

"那段时间无聊，所以才堕落了，但自从那次之后，我就再也没有玩过，也再不想去碰了。"我有些汗颜。

"你要是再沾染赌博恶习我就和你分手。"她语气坚定。

"放心吧。绝对不会再碰了。"

最后，她没有再责备我了。

从此之后，我总感觉和她之间，多了一道无形的沟壑，再也找不到曾经那种相濡以沫的感觉了，就像是一面本来完好的镜子，此刻已然有了一道轻微的裂痕。

当她在沙发上若有所思地嗑着瓜子的时候，还经常会当着我的面和远在北京的妈妈以及姐姐打电话诉说思念，偶尔也会把电话递给我，说："大脸猫，她们要和你聊聊天。"

自从这次回来之后，她已经不再昵称我为"风"了，给我取了个新的外号，叫"大脸猫"，意思是我长胖了，脸变大了。我仍然相信那时候她对我纵使有些许的失望，终归还是爱我的。

看见我辛苦地找工作四处碰壁，她总是想方设法逗我开心，让我忘记烦恼。对于一些一旦触及就可能不开心的事情，她也尽量把握好分寸，几乎不会惹人烦恼。

找不到工作的我依旧面临异常严峻的压力和考验。这是对生存最基本的考验。

情深未完成

父母在得知我找了几个月的工作仍然没有希望后反应异常激烈。几天之后，他们找到我，连同姐姐姐夫，要我检讨自身的原因。

我尽量耐着性子去听，但有些话实在听不下去，便愤然反驳："难道，有工作就是你们的亲人，没有工作就是你们的累赘吗？"

大家的情绪更加激烈起来。

我独自坐在卧室，一个人无限伤感。

她走到我身边，脚步轻盈，眼神疑惑地看着我。

那一刻，我忽然觉得她是我唯一的亲人。

我一下子紧紧抱住她，依偎在她怀里。尽管，我看见她的眉头紧锁，神情异常。

的确，没有工作，没有金钱，在这个浮躁的镀金年代，几乎寸步难行，因为这是关于生存最基本的问题。我忽然觉得，什么友情、爱情，乃至亲情，在世俗的强压下，都会变得畸形走样。

我父亲常常用一句话来说教我："有果之树，人人痴情；而无果之树，人们则对它不屑一顾。"

这让我倍感心酸。

但也许，这是不争的事实。

再后来的几天，我想暂且安静几天，不再为找工作而碰壁。有时候偶尔在电脑前玩玩游戏，雪就很不开心地看着我，也不多说，只是那样眼神失落地看着我。

"不再写小说搞文学了吗？"她问我。

"文学？文学已经逐渐离我远去，现在搞文学能赚钱养家吗？我就没有通过文学赚到过一分钱。"

她叹息一声："可我还是不明白这些低级的游戏，怎么就能够让你如痴如醉，并且忘记烦恼！"

我白她一眼，没有说什么。因为，我确实不知道该说什么。

后来姐姐和我说，雪在那个时候曾对她说，当她看见我堕落到只会蹲在家里玩游戏的时候，感觉所有的希望荡然无存。

日子就像流水，淡然而过。

没毕业的时候期待着早些毕业，没回家的时候盼望早些回家，没见到雪的时候对她日思夜想，可是，当这一切真的如愿以偿的时候，却并没有觉得像当初期盼得那样美好。

生活就像是由一个个火坑串联起来的甬道，跳出一个并不是痛苦的结束，而是另一个痛苦的开始。

36

无言之痛

我和雪说现在在和姐夫一起学着做生意,不想再去找工作了。帮别人打工永远只能挣小钱,那么宝贵的时间,应该花在自己想做的事情上。我的这番理论说服了雪。

她同意了,貌似支持我的决定。

有时候,我很佩服她超强的适应能力。她只身一人到了云南,起初和她一起行走在大街上,听着她和本地人用一口标准的普通话交流,总觉得别扭。可没过多久,她就适应了。她很快地找了工作,并且融入其中。

她每天上班下班,我却像宅男一样蜗居在家。她很少说我,也几乎不和我吵架,但我能看出她那失落的神情,就像一把尖刀刺向我心。我觉得自己很是窝囊。

半个月后,我终于在一所全日制中专学校谋得了一份工作,当起了班主任,每天都很辛苦,很累,早上通常六点起床,晚上十二点睡觉,还被要求在学校住宿,但我依然满足。当我从财务室拿到第一个月的960元工资时,欣喜若狂。我捏着那轻飘飘的几张纸币，忽然觉得它的分量很重很重。

学生们都叫我"沈老师"，我从"沈学生"变成了"沈老师"，却一点也不像老师，仍然像个很幼稚的学生。走在学生人流中，我常常会被门卫拦在校门口被要求出示学生证。不知为什么，每每此时就油然而生一丝莫名的悲凉。

不过那段日子是我此生觉得最为安逸的时光，每天虽然辛苦上班，却觉得生活有无限的盼头和希望。我每天都会抽时间回家看看雪，然后又蹬着自行车去学校上课，虽然奔波，但很开心。

一度，我们常到岷山附近的一段铁轨边散步。记忆像铁轨一样绵长，那铁轨有一种荒凉颓废的美。雪常常出神地看着铁路一端的无尽远方，目光悠远。

我还记得找到工作的那天晚上，雪显得格外开心，做了好多菜，虽然味道不是那么可口，依然让我很感动。

"来，干杯。"她倒了两杯啤酒，举杯对我说，"祝贺你终于找到工作了。"

"嗯，我会把工资都交给你。"我说。

我们都欢快地笑了。

在我的印象之中，那是久违的笑声。

可是在一月之后，当我把960元工资都交给她的时候，她忧郁地看着我，嘴唇张开又闭上。

那一刻，她又在想什么？

我们彼此付出了很多，历经千辛万苦最终才走到了一起，并且是为了真爱走在一起，可真的朝夕相处，却发现两人之间除了爱情再无其他。

或许，她觉得这很无奈，很单调；或许，她觉得我很无能，至少距离她理想中的对象差距很大；又或许，她怀疑爱情本身，走到最后日趋乏善可陈，味同嚼蜡。

但这也只是我的一种猜测。随后，她也并没有因为我的工资少和我起争执，也没有因此离开我，只不过，我们已经不再如从前那般亲密。不知道为什么，我们之间像是多了一堵无形的墙。

一次,深夜两点,一阵轻微的哭泣声把我从梦中惊醒。我睁开惺忪迷离的双眼,发现她在哭。她靠在床沿,看着窗外无边的黑夜,黯然神伤,悄悄落泪。

我静静地看着她,她就像一朵带泪的梨花。我起身搂住她的肩膀,问她怎么了,她像个小女孩一样和我说:"我想我妈了。"

我轻拍她的脊背,希望能驱散她心底的那份孤寂和思念。

她哭着和我说,母亲的病情已经趋于恶化,现在要依靠拐杖才能行走。她还告诉我,她父亲已经和那个比她大两岁的女子生了一个孩子。

那一刻,我忽然无比怜惜她,甚至有一种负疚感,觉得她远离母亲和亲人到云南都是我的过错。

"不哭了,等过年的时候,我们一起去看妈妈。好吧?"我轻轻地抚慰她,凑在她耳畔轻语,"要是她知道你这样痛苦,又怎会安心呢?"

"嗯。"

她逐渐停止哭泣,慢慢地睡着了,但眼角还残留着晶莹的泪花。

第二天,我和她一起给她妈妈打电话。那次,我第一次改口叫妈妈,之前我一直叫阿姨。她妈妈稍微顿了一下,随后答应了,我也关切地问候她的病情,说雪很想念她,等一有时间我们就去看望她。

她妈妈笑说不用,有心意就好,没必要把钱花在交通费上。

后来,我把电话递给她,感觉她们都像是要哭了似的,女儿不停地问母亲近况,一直诉说着思念。

母亲对雪说:"只要你过得开心幸福,不必挂怀我。"

话音未落,我看见她的泪珠簌簌落下。

我内心异常纠结,难以名状,不断叩问自己,这到底是怎么了?

37

她永远是一道靓丽的风景

　　日子如水流逝，我在步入社会后没有得到之前一直向往的解脱，而是陷入了更加无休无止的困境之中。我一连工作了好几个月，领着自我满足的工资，却在一次和雪一起逛街后遭到打击。

　　她走进一家店看见一件高档的品牌衣服，我笑说："喜欢就试试吧！"

　　导购员也说试试，并夸赞她漂亮，穿这件一定合适。

　　于是她就试穿了一下，效果的确不错。

　　导购员还颇有些得意地说："我说得没错吧？不信让他看看。"

　　雪转身看我："好看吗？"

　　我点头道："好看，就像仙女似的。"

　　"多少钱？"她问那导购。

　　"不贵，也就三千元。"

　　"哦。那算了。麻烦你挂起来，我觉得还是有点不大合适。"她这么说的时候，转头看了看我，我忽然觉得很揪心，也觉得很尴尬。

走出店门，她和我说："其实不是衣服不好看，只是现在跟你在一起，要更多地考虑以后，那件衣服差不多是你好几个月的工资。"

"没事，只要你开心，我不在乎。"我说。

"可是我在乎。"她有些大声地说。

行走在喧闹的大街上，这句简单话语深深刺痛了我的心。

我忽然意识到，我不仅不是超人，还很无能，甚至连给她买件像样衣服的钱都没有。

看着我有些落寞的样子，她忽然又拉着我的手说："对不起！我不是那个意思，只是不希望你太过操劳辛苦。今时不同往日，都要节省一些嘛。"

"没事。"我淡然地说，但心里却觉得百感交集，五味陈杂。

在她原谅了我典当手表之后，我又对她的一些奇怪行为产生了怀疑。比如，有时候她晚归，我总会想，她是否背着我干什么。也有朋友和我说："女朋友那么漂亮，你可要小心。"事实也确实如此。无论她走到哪里，永远是一道靓丽的风景线，是众目睽睽的焦点。

一天，一个和她在一起工作的女孩告诉我一个小秘密。

"你女朋友太惹人注目了，我们公司好几个小伙子都蠢蠢欲动，有一个富二代还真的付诸行动对她穷追不舍。不知哪天，她就变成别人的了。"

"怎么会？"听后，我倍觉郁闷。我得到一位美女，却也平添了无数烦恼。

那天晚上，她回来时身上带着一股酒味，我顿时感到很生气，但还是尽量保持冷静。

"你去哪儿了？怎么这么晚才回来？"我问。

"公司聚会，顺便喝了一点点红酒。"她把外衣脱下来挂到衣架上，回头看着我，眼神妩媚灵动。

我逃避她的眼神，不想被这份柔情腐蚀。

"听说还有人在追你？"我坐在沙发上淡淡地问。

"怎么了？你听谁说的？"她的眼神诧异。

"你别管我听谁说的？你就告诉我有没有这回事？"

"你今晚怎么了？"

"有时候我也在想，自己是否配得上你。"我说。

她瞪大了眼睛看着我："你真是不可理喻，我对你一百个真心，抛下自己病重的妈妈，远离自己的亲人朋友，孤身一人到了云南这个人生地不熟的地方找你，却还要被你怀疑，你到底要我怎样？"

说着，她有了哭腔。

看见她落泪，我的心又软了。

"我不是那个意思。我听你的同事说有人追你，就随便问问，没别的。"

"好吧，既然你都这样说了，我告诉你也没什么。"她说，"是有这么回事，那个男的和我在一个公司，我告诉她我有男朋友，并且不会分开，但他不信。他说从来都没见过我和男朋友一起走，认为我是在考验他。"

"那他是不是还送过你礼物？"

"是啊！有一次，他送了一条金项链给我，我没接受。其他的，我也从来没有要过。我不是贪图富贵的人，要是在乎金钱物质，又怎会跟你在一起？"

听她这么说，我忽然觉得释然了，想想她还是挺不容易的，既然在一起，就不应该怀疑她，她要是真的那样，也许就不会为我远走千里，为我牺牲那么多了。我为自己狭隘的思想深感惭愧，也许，是我对彼此的感情没有多少信心。

我走到她身边，忙安慰她："没事，亲爱的，以后我会挣很多钱，我们一定会幸福的。"

她白我一眼道："你从来都不会主动来接我，就知道整天蹲在屋子里上网，再这样下去，我们的感情迟早走到尽头。"

"我知错了，从明天开始，我每天都会去接你下班。"

第二天傍晚，我真的去接她了，站在公司门口，等雪出来。同时，我也看见一辆敞篷奔驰停在门口。那是一辆好车。我斜眼瞥了一下车子内的年轻人，是个

情深未完成

和我差不多大的小伙子，模样也甚是俊俏。

雪才刚出大门，我就迎了上去，牵起了她的手。

她的同事们纷纷问："这就是你男朋友吗？"

她笑笑道："是啊！"

与此同时，奔驰车的主人也跨出车门，看到我牵着雪的手，欲言又止。

停顿几秒钟，年轻人回到车内，开着车子消失在闹市之中。

"这就是那个追你的人？"我问。

"你怎么知道？"她问我。

"一看他那种热烈眼神就猜到了。"

"他经常会在这里等我，可我从来都没有理会过他。希望你不要多想。"

"不会的。我相信你。"

她接着说："不过他应该是一个很有毅力和耐心的人，尽管我对他如此冷漠，但他却依然故我地坚持。"

"也许他的确比我优秀。"我说。

"对自己这么没信心啊？其实爱情没有好与不好，只有爱与不爱。比你有钱的、比你优秀的多得是，但我只找对的人。"

38

若即若离，风雨飘摇

　　万物葱茏，绿茵茂密，夏日已开到荼蘼。一些突如其来的颓败和意外让我有点措手不及。

　　有次，我送给雪一条柯兰项链，她就摘掉了以前的项链，每天都戴着我送的那一条。那天，姐夫和姐姐过来看我们，意外出现了。姐夫看见雪脖颈上的项链后有些疑惑地说："咦，这条项链好像是我送给你姐姐的。"

　　雪顿时愕然无语，神色惊讶地看着我。气氛陡然尴尬。

　　姐姐看出了端倪，于是道："柯兰项链那么多，你就确定是你买的那条？"

　　姐夫没听出弦外之音，还在那里钻牛角尖："明明就是我买的嘛！有一个扣子上面我还划了一条痕迹。"

　　雪取下项链，果然如姐夫所说，那个记号昭然若揭。

　　谎言被揭穿，我异常尴尬，不知该如何是好。

　　雪神情凝重，像是要哭了，狠狠地对我说："你骗我，你欺骗了我的感情。"

不等我解释，她就将那条项链放在桌上，负气而去。

"傻子，你不说会死啊！"姐姐痛斥姐夫。

姐夫反问："我送给你的定情信物，你怎么能随便送给别人呢？"

我跟着雪紧追出来，截住她。她不肯理我，只是一个劲儿地哭泣。

我有些奇怪，不就是一条项链吗，怎会让她有如此强烈的反应？

紧接着，姐姐和姐夫也跟了出来，一起帮我劝慰雪。

姐姐说："是这样的，雪，你别误会。我和弟弟一向不分彼此，我的就是他的，所以请你不必介怀，无须多想。"

姐夫也打圆场："对！你要是喜欢，就留着好了。"

雪泪流满面道："我不是在乎这条项链，我在乎的是一段情，是一颗心。他和我说是他省吃俭用攒钱给我买的，我当时是多么的欣慰和感动。戴着这条项链，总觉得自己拥有真挚的爱。为了他，为了我们的爱情，我抛下自己病重的母亲，远离亲人和朋友，来到这个陌生的地方，内心也是痛苦和纠结的。但我一直安慰自己，所有的牺牲和付出都是值得的。可是，今天，我却发现，也许我错了，就连一件小小的礼物，都满含欺骗。"

我深感自责，连声道："对不起，对不起。我发誓我的本意并不是想欺骗你，只是考虑欠妥。姐姐把项链给了我，那就是我的了，我认为我有权利送给你，它仍旧代表我爱你的心。"

姐姐姐夫也附和道："是啊！是啊！"

沉吟良久，她停止哭泣，跟我一起回了家。

我再次向她认错："对不起，亲爱的，我真的错了！希望你原谅我，你在我心中，是独一无二、无可替代的。"

她沉默半晌，泪光闪闪道："我感觉我的心已经碎了，这个世界已经暗淡无光，也许爱情永远都是在水一方的时候最美，一旦真实落地，便会如花朵般在西风中凋零飘落。"

我摇头道："不会的，我会用一生的爱来守护你，以此证明我们的情比金坚，忠贞不渝。"

她的目光哀怨又迷惑。

"让我静一静，好吗？"她说。

我默然地走到阳台，夜空浩瀚苍茫，群星璀璨闪耀，世界依旧如此美好，唯愿我那至真至诚的爱情，也能如此美好。

"你还不肯原谅我吗？"过了十分钟，我再次凑到她身边低语。

她忽然像是变了一个人似的，全然没有刚才的伤心落寞，平静道："细细回想，我也有不对的地方。你说得也有道理，也许我没有考虑到你的感受，不能全怪你。"

听她这么一说，我愣了一下，慌忙道："不，是我的错，都怪我。"

她伸出手拉住我，脸颊再次展现出迷人的笑颜道："都说不怪你，何必这么勇于认错？"

"你真的原谅我了？"我问。

她平静地笑笑道："有什么不能原谅的？"

看见她那平静的笑，我却更加茫然，总感觉她那忽然镇定而又平静的笑颜背后隐藏着什么，却又一时说不出来。

"到房间里睡吧，外面冷。"说罢，我把她抱起来送到卧室床上。

第二天，我仍觉有愧，看着还睡得迷迷糊糊的雪说："猫咪，我做饭给你吃啊！"

吃饭的时候，她嘻嘻哈哈地一个劲夸我："嗯，不错不错。大脸猫真厉害，还能做出美味佳肴，我真是有福气。"

我忽然觉得她深不可测，难以捉摸。

午后，天上有大片堆积的云朵，阳光明媚。周六我们都休息，她拉着我一起去闲逛。我们走到附近的广场。这广场建得不错，植被茂密，树叶葱茏，草坪里种着绿油油的三叶草。

"你能找到四片叶子的吗？据说找到了，你就能找到幸福。"她和我说。

我低头细看，这种绿色的小植物，全部都是三片叶子的啊，密密麻麻地铺成一片，怎么看都没有四片叶子的。

"这种植物只有三片叶子，找遍了也不见四片的。"我说。

"只是你找不到，有一天我的一个同事就找到了，但你却找不到……"

找不到，难道就得不到幸福吗？我扪心自问。

姐夫的公司又破产了。

两天后，姐姐哭丧着脸过来。我当时也失业了，又坐在电脑前玩游戏。雪坐在外面的沙发上看影碟。她买了很多碟片，没事的时候一遍遍看。我觉得我们的感情也陷入了一潭死水。

"姐姐来了。"雪笑逐颜开。

姐姐没说话，沉默地坐到她旁边。

"大脸猫，姐姐好像有心事。"她叫我。

我关了游戏走出卧室，看姐姐阴沉的脸色就知道肯定出事了，一看姐夫又没跟在身后，心生疑惑道："怎么了？是不是和姐夫吵架了？他欺负你了？"

姐姐捶胸顿足道："别提了，气死我了，他就是个窝囊废，公司又破产了。他还把房子抵押给银行，今天法院过来送传票，要是再不按时还钱就要拍卖房产。"

"怎么会这样？"我愕然无语。

"商场如战场，活不下来，自然就破产了。"姐姐说。

我已不记得这是姐夫第几次破产，万物枯荣，一个小投资者在这个灯红酒绿的都市摸爬滚打，终究还是没有打拼出一片天地。最近一两年，姐夫开始做起了通信技术，干得风生水起，有时候月收入也曾达到几十万的样子，买了一套房，去年还买了一辆雅阁。那时候，大家欢天喜地，天天都像过年一样开心快乐。原以为，姐夫历经坎坷，饱经风雨，一定会顺风顺水，可是没想到，今天又传来破产的噩耗，连同房子都被抵押了，着实令人费解。

我打电话给姐夫，他语调晦涩，说想开车出去兜风，一个人安静安静。

破产之后，姐姐姐夫的生活再度回归清贫。姐姐又开始发脾气，经常和姐夫吵得不可开交。为了扭转困境和局面，姐夫四处寻求发财之道。那段时间，他做过无数次设想和尝试，甚至选择卖擦鞋巾这样的生意，从浙江订购了几箱货，想到自己开厂去生产。

为了验证市场销售潜力，他拉上那时候无所事事的我一起去街头巷尾卖擦鞋巾，搞笑的是，我们居然是开着雅阁去叫卖。打开后备厢支起一个横幅，放着广播："一次性擦鞋巾，三块钱一袋，好用又方便。走过路过不要错过。"路上的行人纷纷驻足，不少人前来围观。

我有些尴尬，生怕遇见熟人，这情景让我想起小时候在老家挑着担子走街串巷卖杂货的卖货郎。

就在这时，雪和姐姐一起下班过来买菜，看见我们无精打采地卖擦鞋巾，于是朝我们远远地走来。雪笑呵呵地打趣："哎呀，擦鞋巾啊！我来买，我来买！都要了，都要了！"

我和姐夫尴尬一笑。万物枯荣，世事浮沉。谁又能断言自己就是不败的强者？人生起落本也是稀松平常的事情。

39

二十万，我嫁你

骤雨初歇，云消雨霁之后，挂起了缤纷的彩虹，天空透着湛蓝的忧郁。空气中浮动潮湿的气息，那感觉，很清新。有时候，我很喜欢这种下雨的感觉，常常会闭上眼睛去倾听雨声。

最近雨水多，我们卖了一段时间的擦鞋巾后觉得实在没有市场，不少擦鞋店里早已有了那玩意儿，而且还是当赠品赠送给顾客用的，想通过销售擦鞋巾打开市场的创业梦再度流产，我和姐夫又变成无所事事的无业游民。

我的心情有些郁闷，闭上眼睛听着窗外的雨声，想要寻到片刻的超脱和安宁。阳台上摆了一些花儿，一株始终没有开过的兰花在风中摇曳着。

"大脸猫，你倒是很有闲情逸致。只不过，不要不食人间烟火了，终归，我们都脱离不了凡尘俗世。"雪站在我身后对我说。她斜倚在木质的立柱旁，眼神散淡地看着我。

看着她妩媚动人的样子，我忽然不忍心反驳她什么。

窗外万物宁静，唯有雨声；屋内红袖添香，佳人在侧。顿时，我忽然觉得整个世界都充满盎然的生机和诗意。

我冲她笑笑，拉着她的手问："怎么了？不是在睡午觉吗？"

"睡不着。"她看着我，目光炯炯，"你想过要娶我吗？"

我笑道："那还用问吗？不是早在2008年网上认识的时候，你就说嫁给我了吗？"

"那哪能算？不过是说笑而已。"她回我，"我要你现在和我说，到底想不想娶我？"

"当然想啊！能娶你，是我这辈子最幸福的事情了。"我信誓旦旦地说。

"哦，那就好。"她狡黠地笑笑，忽然道："不过，我有一个条件。"

"你说。"

"你去挣二十万元钱回来，我就嫁给你。"

外面的雨水更急了，树叶也在冷风中被吹得飒飒作响。

我的心一下子就凉了，像被人从头灌下一桶冰水。她居然冲我要二十万才肯嫁给我，这什么意思？想到这儿，我异常愤怒，顿时觉得她所谓的感情不过是浮云，到底未能摆脱金钱的魔咒。

"那你现在就可以走了。"我顿了顿，想起从前那么多的真心付出，内心无限伤感失落，眼里泛起了微微的泪花："我原以为，我们的爱情就已经富可敌国了，可以超脱一切世俗。没想到，你会开口提钱。"

她看着我诧异的眼神，急忙解释道："我不是那个意思，也并非贪图物质财富的享乐之人，只不过，我希望嫁的是一个有作为、有能力的人，而不是一个毫无能力、浑浑噩噩，且毫不成熟的人。"

"那么……"

"我不是真的需要二十万元，只是觉得，你要是能挣到二十万元，至少证明你具有能力，能够在这个社会立足、生存，嫁给你，也会有所依托，不是吗？"

尽管她解释得有理有据，但我仍然觉得前途一片黯淡。潜意识中，我隐隐约约有种预感，有朝一日，她将离我而去。我对她，已经变得渐次陌生，甚至，她在想什么，我也难以揣测。

情深未完成

我躺倒在沙发上，觉得浑身无力。她走到我旁边，俯身在我耳畔，幽幽道："怎么？没信心？"

"谁说的？"或许是她的柔情一下子又激发了我的斗志，我忽然信心满满道："你等着，等我挣到二十万摆在你面前。"

就在我找不到方向的时候，一个意外的机会让我看到了希望。

一天，之前共事过的刘老师打电话给我："沈老师，想不想发财，多赚点钱？"

"当然想！"我忽然来了兴致，"说来听听？"

"就是帮学校招生。现在的中学生毕业之后，考不上高中的，大多就不想继续读书，而选择出去打工，所以中专生的生源近些年缩水厉害。你要是能说服一些学生不辍学，到学校继续读书，那么每招到一个学生，我就会支付你一千元，并且不需要成本。"

这貌似是个不错的赚钱门道。我想了想说："要是真像你说的那样确实挺好。"

"那是啊！不需要你出成本，却有成倍的收入，还有什么比这个更赚钱的呢？"他说。

"哦，可是……"我犹豫道，"我怕……"

"怕什么？"

"怕误人子弟啊！毕竟是学生，不是买卖的商品。"我说出了心中的顾虑。

"这是有益于社会、有利于祖国未来的事情。既能帮助学生，又能自己赚钱，一举而两得，何乐而不为之？再说了，那些考不上高中就辍学的学生，与其到外面打工受气，还不如介绍他们来接受职业教育，功德无量啊！"

他接着道："人生难得几回搏。你二十几了，人生能有几个二十？出名要趁早，挣钱要及时，要是现在你就掘金成功，也许能改变你的人生轨迹，让你少奋斗十年二十年，就像中彩票一样。"

听他这么一说，我又有了点兴趣。如果招到一个学生有一千元进账，那么，只要招到二百名学生，就能赚到二十万了。我就能实现对雪的承诺，也就可以顺利和她结婚了。

为了这个梦想，我迅速做出了计划和方案，打算去相对偏远的边城，估计关注那里的人少，可以说服那里的学生到昆明读书。

匆匆准备后，我再次离开了雪和昆明，回到那座我所熟悉且没有太多好感的边城。

当我和雪说起这件事，她没有赞同也没有反对，但在我动身去边城的晚上，她还是一直把我送上车，和我挥手道别，依旧笑颜如花。我暗暗发誓，一定要赚到钱，兑现我的承诺。

让我没有想到的是，命运竟然如此难以预料，这一次，竟然是诀别。

那夜我在车里整宿未眠，想了很多事，我的人生，我的情感，但想得最多的还是掘金和赚钱。次日天明，再至边城，忽然又想起了从前的人和事，想起了耀，想起了旺岩，想起了那段枯燥难熬的大学时光……尽管这座边城并没有留给我多少美好，但痛苦也是一种经历，它教会了我成长。

我回到曾经的学校，特地经过宿舍楼，透过后面的窗子看见我以前的铺位上坐着一对男女，他们在吃冰淇淋，你一口，我一口，吃得甜蜜，顿时令我感慨无限。

走出学校，我行走在依旧熟悉的街道。记得在这条路上有一家我曾拜师学艺的武馆，还有一位心怀高远的年轻拳师，他还要创立一个新的拳种——滇拳。

我突然想去看看他，却发现武馆的牌子消失了，取而代之的是一家健身房的招牌。

门口一位中年妇女看我走进去，问道："你找谁？"

"我找李教练，他现在还在吗？"我问。

"哦，就是那个教武术的啊，早就不在了。他开的武馆生意不好，学员又没几个，后来支付不了租金，武馆就没有再办下去了。"她继续说，"现在我们办成健身房了，还可以学习舞蹈，你要是想学跳舞可以找我报名啊！"

……

理想很丰满，现实很骨感。我的心头怅然若失，不知道为什么，徒感天道茫茫，人世沧桑。

40

招生记

经济基础决定上层建筑,在这个现实得不能再现实的社会里,我们可以忽视其他所有,唯独不能无视金钱的力量。于是,我决定放手一搏赚大钱。

我租下一处办公场地,带着学校出具的证明,摇身一变为该校驻边城的招生办主任,打算再招几个招生人员。为节约成本,我自己买了瓶糨糊,写好招聘启事,沿街张贴。随后,真有不少人打电话咨询,但多数人只是出于好奇,打了一次电话了解到没有底薪之后就失联了,不过也有诚心的,最后共有三个人加入了我的招生团队——

一个叫魏大鹏,自称是自由职业者,比我年长两岁,眼睛总会斜视一方。虽然不会看相,但一见他的模样,就觉得他是个古怪的人;另一个是一名内退的银行人员,按照年龄可以叫阿姨了,退休后她不满足于基本的固定工资,还办起了函授培训,看见我贴的招聘,也来了兴趣;还有一个是一名在校的女学生,叫杨丹,和我说假期不想回家打算勤工俭学,一定会好好干。

我和他们事先约定，没有底薪，招到人就有钱，刘老师给我的金额是每招到一个提成1000元，我给他们的金额是每招到一个提成500元，无上限。大家欣然同意，让我忽然觉得自己也成了老板。

不过我对魏大鹏始终有点排斥心理。他本是一个无业游民，加入团队后，忽然就觉得自己很有出息了。他和我说："你是学校的招生办主任，那你让我当副主任好不好？"

我说："没问题，不过你得尽力去招学生。"

"那是当然了，我都是招办副主任了。"他得意扬扬地说。

于是，我带着魏大鹏穿行在边城市区以及附近的乡村中学，和当地学校领导介绍我们的学校。

我们来到边城一所较好的中学，出具了介绍信和授权书。

校领导点燃一根烟，悠悠吐出一个烟圈说："我们是正规学校，不接受此类合作，你们可以走了。我警告你们，要是再这样，我可以去教育局告你们。"

我不愿轻易放弃，义正词严道："你们是正规学校，我们难道就不是正规学校？你要告，请便！我们是学校正规的招生代表，不合作就算了，不必赶尽杀绝吧！"

那位校领导听后嘀嘀咕咕："现在可真是什么都有，以前有骗钱骗物的，现在还有骗学生的。"

那天，我们一无所获。

成大事者不拘小节。我知道曲折困难肯定在所难免，要想成功就得坚持和付出。调整一天后，我决定再次走访，于是第二所……第三所……多数校领导表现得极为冷淡，但也遇到一些热情相待的，这让我们欣喜若狂。其中有一所乡村学校的教务主任在和我们接洽之后，立即通知毕业班班主任集合所有学生站到操场上。学校广播里大声播报："请各毕业班快速集合，有省城的老师到我校做特别招生交流，速速集合，不得迟到。"

伴随着高亢的广播操音乐声，学生们很快就到操场集合完毕了。

魏大鹏伸手拍了我一下，对我说："你看，今天有戏了，我估计我们都要发财了。"

情深未完成

说罢,他得意地笑了起来。

我放眼一看,操场上站满了学生,据说都是毕业班的学生,人数估计有五六百个。

"人都到齐了。沈老师,请你到台上和他们讲讲情况。"学校的教务主任叫我。

"哦。"我有些发愣,甚至有点茫然,但此刻已经骑虎难下,只好硬着头皮走上高台,所幸演讲是我所擅长的。

"同学们,这里的山大吗?"我高声问。

"大。"同学们异口同声。

"那你们想不想,有朝一日,走出这千重万重的苍茫大山,看看外面世界的精彩?"

"想。"同学们继续回答,那些稚嫩的声音响彻高岗。

"那你们如果升不了学,达不到录取分数线怎么办?"

学生们顿时议论纷纷,我示意魏大鹏拿着话筒去采访几个学生。

"考不上高中我就回去种地。"

"我出去打工。"

"升不了学我就回家娶媳妇,生孩子,让我的孩子来考试升学。"一个调皮的学生如是说。

众学生哄然大笑。

我拿起话筒对大家说:"同学们,你们还这么年轻,青春本不该如此,你们不应该回家种地,那会让你们不堪重负;你们也不应该出去打工,那会让你们身心俱疲;你们应该继续学习,继续读书,通过知识改变你们的命运。再确切一些,我们的学校是以培养学生的职业技能为主,比如修车、烹饪等实用专业,你们与其在外打工受苦,还不如到我校认真读书,他日学得一技之长,到哪里都不怕。你们说对不对?"

众学生继而跟着高呼:"对!"

我继续滔滔不绝,尽述学校的好处优势,旨在帮助更多的学生走出大山。

我们的宣传得到响应，接着又把宣传资料向下派发，并告知有意向的学生可以先填草表报名，不影响正式录取。

演讲完毕，我们就坐在事先布置好的咨询处接受咨询报名，众学生蜂拥而至，把我们围得水泄不通。

"老师，请问学了汽修专业能做什么？"

"当工程师。"

"老师，请问学了会计专业能做什么？"

"当会计师。"

"老师，请问学了航空服务专业能做什么？"

"当空姐。"

……

我一一作答，并认真严肃道："同学们，你们的未来就掌握在自己手上。我们是省城的学校，不论是从教学质量，还是从就业机会上来说，都比你们本地的学校更胜一筹。人生中关键的路和选择就只有那么几步，所以请你们慎重做出正确的抉择，将会受用一生。"

"老师，我报名。"一个学生高呼。

"我也报名。"另一个学生附和。

"我也要报名！"数以百计的学生争着喊着要报名。

那天的效果出奇好，当时就有五百多名学生填了报名表。我和魏大鹏心花怒放，喜上眉梢。但当我看着那些衣着朴素，甚至衣服上还有补丁的农村学生用满含期许的目光看着我的时候，我的心里忽然浮起莫名的愧疚，自问这样夸大其词的宣传是否会误导他们的人生。但又一想，成大事者不拘小节，况且我们确实也在帮助这些学生。

紧接着，我们马不停蹄，以类似的方式去游说其他学校，并给负责联络的刘老师频传捷报，说边城的招生形势一片大好，今年估计至少都会有上百学生到我校就读。

情深未完成

"小沈老师，辛苦了。今年要是招生成功，除了按照约定支付你招生费用，我也一定会向校长如实说明情况，让他提拔你，重用你。加油，我看好你。为了学校，也是为了你自己。"刘老师也喜出望外，不断鼓励我。

"我会努力的。"我说。

刘老师的话让我想了很多，我忽而觉得信心十足，觉得这是人生发迹的一个机会，忽而又觉得不知所措，猜想到底结果会怎样，甚至猜想，几个月之后的我，会是一个什么样子。是否会带着上百名学生乘坐大巴到达昆明？是否就此过上幸福的小康生活，并可以拍着胸脯向雪证明，我是一个有能力且充满抱负的人？她选择我是对的。

生命不息，奋斗不止。想想这些，我就觉得充满了无穷的动力，甚至想走遍边城所有中学。为此，我乐此不疲，每天不惜远赴深山，回到城区时，往往已是夜色苍凉，灯火阑珊。

我很累很疲惫，却感觉很开心。

来到边城已一月有余，却感觉离开雪似乎好几年了。

我低头看手表，此时正是凌晨三点。我忽然很想雪，很想看见她，哪怕只是听听她的声音。那种奔涌而来的疯狂思念，让我义无反顾地拨响了手机。

电话一直在嘟嘟地响，大约过了半分钟，雪终于接起电话。她的声音略带困意，感觉有些娇嗔："怎么了，深更半夜打电话？"

"没有，我……我只是忽然很想你。忍不住地想打个电话给你。哪怕，只是听听你的声音也好。"

"好困！明天说好吗？"她嗫嚅了几声后，挂断了电话。

电话传来嘟嘟声，我的心头一片空虚，忽然就觉得，人其实总是孤独的，能真正陪伴自己的，只有自己。

最后一天晚上，收集完报名资料，我们统计了一下，一共有一千多份学生填写了意向表。魏大鹏眉飞色舞地对我说："老板，恭喜你，我想今年你一定会大获成功，但你可别忘了，如果没有我，你得力的助手，那你在边城，不可能成功，你至少要给我几万块。"

"我并没有成功。你又来问我要钱？"我表示无奈道，"我已经和你说过很多遍了，那些报名表，有可能有价值，有可能分文不值，你就不明白吗？"

这时，雪的电话及时响起。

"怎么了，这么长时间才接电话？"雪的声音有些疑惑。

"没，没事。"我说。

"哦，那现在呢，你在干什么？"

"当然是在想你啊！在和你打电话。"

"真的？"

"真的啊！这不都要睡觉了吗？"

"一个人睡？"

"当然啊！难道你还希望我和别人睡觉？"

"哦。"她安静地顿了顿，"我只是问问。"

"雪，我忽然，忽然好想离开边城，好想在你的身旁，今生再也不要分离。什么荣华富贵，都是过眼云烟。唯有你，才是最真实的。"

那一刻，我真的是想她了。

她笑了起来，接着道："是不是受了什么刺激？或者是做了对不起我的事情，心里忽然觉得惭愧？"

"没有。"我言辞恳切道，"要是连你都不相信我，那我活在这个世界上真是没有意义了。"

她叹息道："不过随口开个玩笑而已。你好好干你的事情，我等着你回来。男人当以事业为重，哪能这样儿女情长？"

……

边城再次飘起了烟雨，群山苍茫。我到边城招生已有数月，学校通知我务必在开学前带着招到的学生回昆明。

我原本对这件事情寄予了很高的希望,尤其是在收到很多报名表的时候,想着,最坏的结果至少也有百分之十的成功率,也算不枉此行了。我已经充分意识到生存的艰辛和赚钱的不易,不说二十万,只要赚到几万元,我也心满意足了。

可是过了几天,当我再次落实学生就读意向的时候,犹如当头一棒,不知道为什么,之前报名的学生却几乎无一例外地说不想来了。

那位年长的阿姨也半途而废,抱怨这事情不好干,花费无数精力,最后几乎没一个学生愿意去,就连之前有意向的都临时变卦了。言语之间她还颇有微词,意思是招生不成赚不到钱还浪费了她的时间,这令我极其失望。

更让我无语的是那位叫杨丹的女学生,在预支500元招生活动金之后就再无踪迹。

美好的理想再次化作泡影,现在别说赚几万元了,这次很可能是血本无归,此次往返到边城的路费都打了水漂。此外,在边城的这些日子,我粗略计算了一下,房租、生活费,以及印刷宣传资料费、交通运输费,合计不下5000元,都是雪给我的赞助费。如果此次不能成功,赚不到钱,我真没有颜面再去见她。一想到她奔走千里孤身一人来到云南,跟着一个初涉世事的青年开始一无所有的生活,我就惭愧。

经过努力,除了极少数几个学生尚有一点就读意向外,没有任何收获。我感觉已无力改变这样的局面。与此同时,魏大鹏也暴露出了丑恶的嘴脸,他明知道招生已然失败,却仍然趾高气扬地对我说:"不管你招生怎样,我不要求你给我十几万,但你至少要给我5000元。我这段时间什么事都没干,就跟着你瞎跑,你不意思一下恐怕不行。"

"你什么意思?我不是和你说了,招到人才有钱,现在的情况你还不清楚?学生没招到,大家都要喝西北风。那些填好的报名表都是废品,你愿意就拿去卖垃圾,看看能换几个钱?"我气不打一处来。

"沈老师,你要是这么说,那可就别怪我翻脸不认人了。现在只问你要5000,

你给不给？"魏大鹏顿时脸色阴沉，带着几分威胁道。

"我知道你跟着我风吹日晒的，没有功劳有劳苦。"说着，我拿出500元递给他，"这是点心意，你先收着，其他的再说好吧？"

这厮见钱眼开，顿时开心无比，拍拍我肩膀道："好吧！少是少了点，不过总比没有好。"眼看他就要走出办公室了，忽然又转头道："还得再给我4500，三天后我再找你啊！"

我顿时心里升起万丛怒火，这不是摆明了勒索我吗？我立即退了房子，把购买的几张办公桌以二手货最低价卖了。同时也把租住的住所退了，把花几百元钱印好的招生宣传资料全部当废纸卖了，换得几十元钱。之后，我迅速找了家旅馆住下，不想再让人知道我的行踪。晚间，雪给我打来了电话，问我是不是快要回来了，我说快了，估计两天之后就动身。

"两天后？那么快？不是说还要打电话联系吗？"她问我。

"我想不用了。"我安静地说。

"为什么？"

"因为没有那个必要了，该尝试的办法我们都已经尝试过了，可是那些学生都贼精贼精的，没一个愿意到我们学校读书。我的招生计划失败了。"说完，我突然有些想哭的冲动。

"哦，没事没事。本来也就没指望你赚多少钱，说赚二十万，那只是逗你玩的。你也别难过，别给自己太大压力。"我本想她会责备我，至今为止，我就没有做过一件成功的事情，但她此刻却仍旧安慰我。

"你真好。"我情真意切地说，"我想你！多想此刻就在你身边啊！"

"你前几天不是说还有几个有意向的吗？我觉得你可以再联系联系看看，赚钱已经不大可能，但血本无归就太不值得了。你不妨再试试。攻城为下，攻心为上。这么大的学生一般不能自己做主，一般都是由家长决定，如果有必要，你就去学生家里找他们父母谈谈。动之以情，晓之以理。家长同意了那才是关键。"她想了想又对我说。

"对。你真是心思缜密,我都有些佩服你了。"我由衷赞叹她道,"看来你不但美貌过人,更加聪慧过人。"

"少贫嘴了。"她笑说,"加油吧!只要有一点希望,就不要轻言放弃。"

无论如何,雪的话语再次抚慰了我受伤的内心,并觉得她说的话很有道理。事已至此,若是一走了之,只会徒劳一场空。

第二天,我按照地址去找学生家长,远涉深山老林,走到田间地头,说服他们相信我,相信我们学校,告诉他们与其让孩子外出打工或者在家种地,不如送到学校去学一门手艺。

靠人不如靠己,经过一番苦口婆心的努力,我终于成功说服了一些家长,最后,广种薄收,总算有五个学生在家长的支持下同意到我们学校就读。我的心情总算平复了些,同时更加坚信赚钱不易,生存艰难,付出与回报未必都成正比。

这些天,我在边城时刻都有危机感,就连走路都有些战战兢兢,那个尖嘴猴腮的痞子魏大鹏不止一次打电话找我,都被我无一例外地全部挂断。他仍不肯罢休,换用其他手机号不停拨打,电话一接通,就听到他的声音——

"小子,在哪里?"

"我没有必要告诉你。"

"拿钱来。"

"你还有脸问我要钱?当初早有约定,你没有招到一个学生,按理说你一分钱都没有,我给了你五百块就是对你仁至义尽了。"

"闭嘴!我警告你,你要是不给我钱,我让你走不出边城。"

"你来啊!你以为我是吓大的?我等着你找我啊!"

"说,你在哪里?"魏大鹏大吼。

我挂断电话,心想此地不宜久留,还是赶紧闪人为妙。于是,我很快联系好车辆,确定归期,只想早些离开边城。

41

千山烟雨，暮雪苍茫

一日不见，如隔三秋，何况我们分别了已有数月。

一天清晨，我怀着激动的心情打电话告诉雪："雪，我按照你的想法做了，现在情况稍微好些了，总算有几个学生确定到学校读书了，并且，我们会在后天晚上就乘车出发。"

"哦。后天回来吗？"她好像在笑。

我感觉她笑得很牵强，不过没有多想。

"对，后天我就回家了，大后天早上我就可以见到你了。"我高兴地说，"都好几个月没见到你了，你不知道我有多想念你。"

"好，我知道了。那你注意安全，我把我的房门钥匙放在客厅的桌子上……"说完，她就挂断了电话。

我觉得有些诧异，此话怎讲？

我又打了个电话给她："雪，你怎么了？"

"没事。"她淡然地说,"以后你要好好照顾自己,如果我不在你身边,希望你会变得成熟坚强,终有一日,希望你会变得强大。"

电话再次挂断,传来嘟嘟的响声。

我再打过去,已经关机了。

很突然,也很奇怪。她会不会突然出了什么事?

我马上打电话给姐姐,希望她去帮我看看雪。

姐姐说:"不会啊,昨晚上我还和她一起吃饭的。再说,我现在也在上班啊!"

"姐,她手机都关机了。拜托你快去看看她。"我恳求道。

"好吧!"

果然,人去楼空。姐姐和姐夫开车前往机场,想在那里碰碰运气,看能否找到雪。

当机场广播正在播放寻找她的信息时,雪正准备登机。她发短信告诉姐姐:"那一刻,我哭了。不知道为什么,但我还是决定回家。我要离开云南。"

就这样,她乘坐着飞机永远地离开了我的梦想。

边城的烟雨朦胧,我呆坐在旅馆内茫然不知所措,只觉大脑一片空白。片刻之后,泪水不自觉地滑落下来。

接下去的一天,我没有任何的食欲,所有山珍顿时变得索然无味。

我不断地拨打那个熟悉的号码,得到的结果都是相同的死寂。我也打遍了她家人的号码,但他们都无一例外地告诉我不知道她的去向,反而追问我她去了哪里。

我情绪无比低落地坐在床边,感到浑身虚空,全身所有的力量像是都被抽走了一般。

我的思绪一片混乱,在一间逼仄的阁楼旅社里待了24小时。我尽量让自己不去多想,却止不住眼角簌簌而下的泪珠。

第二天,我终于带着那些学生上了车,迫不及待地赶上回昆明的夜车。夜晚很黑很冷,但也比不上我心中的无限寒凉。回到家,依旧是熟悉的屋子,没有太多变化。这是我们曾朝夕与共的所在,每一个角落都被打扫得干干净净,纤尘不染;每一样东西都摆得整整齐齐;床单和被子是新换过的,全套的大红色,让我想到了婚房;床头柜上,依旧摆放着那个精致的相框,还有一束即将凋谢的火红玫瑰花。

我无法相信,芳踪已渺。这一切来得过于突然,不切实际。

电脑桌上,我看见了一封没有封口的信笺,是她留给我最后的回音:

我走了。

在你回来之后,你会发现我已不在。你会难过,但时间久了就好了,一切都会习惯。我们相识已有三年。三年里,彼此都竭尽努力,付出过,哭过,笑过,失落过……而此刻,我已经决定离开你。你记得我和你说过的话吗?如果某一天我离开你,你别怪我狠心,如果我走了,那只能证明你留不住我。也许我们都太年轻,生命像一场烟火,让我们彼此都留下一段美好的回忆,也未尝不是一种幸福。

当我们没有真正在一起生活的时候,我是多么憧憬和你在一起,关于你所有的一切,都是我的信仰。可当我真正走进你的生活,逐渐发现,现实和想象永远都有差距。千山暮雪,我为你而来,你是我的希望,可是有一天,我发现这个希望逐渐变成了失望。

我们才在一起几个月,可我却感觉仿佛已经人到中年,再没有任何波澜。我已厌倦了这样的生活。

也许你尚需要一段时间来成长,可我已经没有等待的耐心。

你就当我死了吧!忘了我,开始新的生活吧!

读完最后一个字,我忍不住再度落泪。

她真的走了。一个我曾经那么熟悉的人,就这么走了。我的心底一片空旷和苍凉。

情深未完成

42

春城何处在飞花

几个月后,我再次回到这座城市。这里不是我的故乡,我也只不过是这片土地上的异乡者,但我一直对这座城市怀有深深的感情,因为这里曾经有家,有情,还有我那朝思暮想的伊人。

独自行走在落寞的长街上,我的内心隐隐作痛。我睁大双眼,搜寻着这座城市的每一个角落。我明知道她早已远离了这座城市,可还是希望能够再次看到她的身影,甚至期盼在某个不经意的时刻,她会从我的背后跳出来,捂住我的双眼对我说:"大脸猫,猜猜我是谁?"

我知道,这只是虚幻落寞之中的自我安慰罢了。

当我独自一人在这座浮华城市的长街上踽踽独行的时候,我感觉处处都有她留下的影子,都有我们手拉手一起走过的痕迹。从兴苑路一直走到人民路,我在她经过的每一个地方静静凝望,望不到边的只有漫漫长路。

浩瀚无垠的夜空里,星辰还是一样闪烁,但哪里还能看到你那醉人的微笑?

依旧寻常熟悉的街道巷陌，哪里又有你熟悉的身影？

再也没有雪了，再也没有满脸幸福抑或满面泪水的雪了。虚拟的她绝迹于冰冷的网络，真实的她消失在苍茫的夜色中……

记忆的闸门瞬间打开，我的心情顿时冰天雪地。曾经和她一起生活过的点点滴滴，刹那间涌入我的脑海，忽然间，我感觉一种温热的液体流经我的嘴角，我知道，那是我的泪。

我回到卧室，看见我们的合照，那时，我们满面笑容，是那么的开心和幸福！

没有了她的城市，变成一座空城，再多的繁华和喧嚣，也无法深埋我心底的悲歌。温暖的春城，何处在飞花？

我感觉很不习惯，一下子无法接受这样的转变。幽暗昏惑的夜里，我难以入眠，而醒来后，发现枕边早已空无一人，又再次陷入现实和虚幻的惶惑之中。我始终无法安慰自己起伏的内心，方才还拥有的美好，却在转瞬之间化作镜花水月，顿时感觉胸口有无限愁怨的淤积，无法消散，难以解脱！

我努力说服自己，不要再去想念她。我试图把她想得不那么好：做饭做得半生不熟；不喜欢劳动；时不时地搞恶作剧，有次趁我睡着用水彩笔在我嘴边画上了几根长长的胡须；她特别胆小，却经常要在夜晚看鬼故事，可是每每看完却又怕得要命，蜷缩在被窝里紧紧抓着我道："我好怕。"

可是，当我越这么想，却愈发思念她。我想念那煮得半生不熟的米饭；想念她嘻嘻哈哈看着我嘴边画的胡须，叫我"大脸猫"；想念她在夜里抱着我呢喃低语。

忽然间，我明白什么是爱了，就是真真切切在乎一个人，关心一个人，想着一个人，为之心疼，为之倾覆，为之癫狂，真正与你的心灵和思想融为一体！

姐姐和我说，她收到了雪发来的短信，说她愧对我的家人，愧对我的父母，希望可以得到我们的原谅，叫我不要再浪费青春和年华去等她，她永远都不会再回来了……

我无意中收拾房间时发现了一本厚厚的日记本，打开一看才知道是她写的，上面详细记录着她自从和我谈恋爱后每天的所思所想：有第一次为了要见我而与

情深未完成

家人闹到不可开交的苦恼；有从北京到云南路上的害怕和期待；也有到了云南后一个人觉得孤独茫然却又忠贞不渝的坚持。

日记的最后一页，她这样写道：

为了你，为了我们的爱情，再苦再难熬我都无所谓。

我默然无语，心如刀割，有种肝肠寸断的感觉。我尽量不去想她，不去想那些曾经和过往。我想把那段记忆，永远埋藏在心的最深处。

坚持了几天，我无法压抑内心的煎熬，再度一个人登上了去往北京的列车，想亲口问问她为什么又要离开我，为什么这样狠心绝情地不辞而别。

43

挽留，最后的时光

招生提成费下来了，我分到了 5000 元钱。为这个招生计划，我舍弃了爱人，带着狠赚 20 万的想法奔波数月，最后却只得到这区区 5000 元。刨除成本和花销，其实根本就没有赚到钱。撇开这些不说，后来我才知道，学校直接给每位老师的招生费用是 2000 元，而那位看似和善的刘老师，他却只给我 1000 元。

我觉得非常郁闷，也很气愤，只感觉人心叵测，世事难料。我还没有完全踏入社会，却已经觉得社会的冰窖寒气逼人。不过仔细想来，这样的事情也许是再寻常不过了，大鱼吃小鱼，小鱼吃虾米，强势欺负弱势，弱势压榨更弱势。辛辛苦苦兢兢业业地工作，却未必和所得成正比，即使得到回报，也不过是你所创造利益的一小部分。社会就是一条食物链，谁都在猎与被猎中追逐和生存。

经过激烈的思想斗争之后，我还是决定前往北京去寻找她，无论结局如何。这一次，没有人在等我，没有人期待我的到来。

我孤身一人，甚至连行李都没有，就那么轻飘飘地走下火车，身如孤鸿，心似浮萍。但我依然凭着记忆，找到她家。我按响门铃，却迟迟没有人开门。我没有走开，是对我的爱情，还抱有一线希望，希望凭借我千里而来的诚信，感化天地。

可是，我错了。面对我的突然到来，她的家人开始有点惊诧，随后又表现得很平静。她姐姐依旧热情，招呼我吃饭。她姐夫满脸歉意地对我道："小沈，她现在不在家，你也别上火。"

我感觉怪怪的，便问："你们知道她去哪儿了吗？"

"她回来过，后来留了张纸条说要去沈阳的舅舅家走走，现在也不知道到底在哪儿。"说罢，他再次对我道："你真的不用想太多。"

"你们……你们这是什么意思？我怎么越听越糊涂，感觉像预谋好似的。我不需要你们的致歉，只想知道这到底是怎么回事？"

正在这个时候，屋子里传来了一个略显苍老的中年妇女的声音："是小沈来了吗？"

我循声望去，原来是她妈妈，刚过半百的年龄，看上去却是花甲的模样。只见她步履蹒跚，手中拄着拐杖，每走一步路，都显得异常吃力，比上次我见她的时候显得愈发苍老了。

我又想起之前常常听到她在夜里轻微的抽泣，问她怎么了，她幽咽地说："我想家了，我想我妈妈。"她的泪水滑落在我的脸颊，我感觉那泪水更像是直接流进我的心里。我想，也许她应该回到她母亲的身边，也许倒是我，扰乱了她的生活节奏，让她远涉千山万水地去到异地，并要忍受忠孝难两全的痛苦纠结。

她妈端详了我一下，随后道："真没想到你能这么大老远地又过来，倒也是个有情有义的小伙子。"说罢叹口气，"只不过……"

她拄着拐杖一瘸一拐地艰难走下楼梯。

"坐火车来的吗？"她问。

我说"是"。

"哦，挺长时间吧？"

"也没，就一天多，三十几个小时。"

她坐下招呼着给我泡茶，我说"不用了"。

"你坐了这么长时间的火车，肯定也累了，就留在这里住下吧！"她看着我道。

我看了看时间，已经是日落黄昏时分，天色逐渐暗淡，夜幕很快就要降临，遂致谢留了下来。

"你还没吃饭吧？"她妈妈问我，"一起吃，别见外。"

"哦！"我没有推辞。

"来，多吃点，你这一路上辛苦了。"她母亲对我道，还一边朝我碗里加菜。

"谢谢，阿姨。"

"哎，真是觉得有些对不住你。"她妈妈说。

"阿姨，这又是从何说起？"我问。

"没什么，我这孩子从小就被宠坏了，太任性了，性格大大咧咧的，想到什么就做什么，还拦不住她。当时吧，我就反对，我说你这么大老远的去跟网上认识的人在一起，谁能理解呀？"

几人一边吃一边安静地听着。

"她说她就是想去你们那儿，谁要拦着她就死给谁看！后来就悄悄跑去你们那儿。她姐跟着去追，没追回来。"

听老人说起从前和过往，又让我陷入无限追思之中，内心更加涌起无限眷恋。

"后来她给我打电话，说现在在云南过得很好，你们家人也对她很好。"老人一边说一边有些伤感："我说，那行，只要你过得好，过得幸福，我就不操心！"

正在这时，她姐姐的电话响了起来，是雪打来的。

"他来了，"她姐姐拿着电话说，"在家里呢！你要和他说话吗？"接着，就把手机拿给我。

"喂，我到处找都找不到你，就到你家来……"

电话那头传来她的声音："我不要你来找我，我离开了就是离开了，也不会再跟你回去了。我们已经分手了，你还来干吗？"

有些话我当着别人的面不好意思说，于是走到一旁道："你真的那么狠心绝情，

情深未完成

一定要离开我吗？我做错什么了？"

她沉默了，接着有些悲伤道："你没有错，错的是老天，只恨苍天无眼，人生无常，这辈子只能怪我们没缘分，你回去吧！好好生活，以后找一个比我更好的女孩，娶妻生子，安居乐业。"

"今生今世，非你不娶，我们曾经海誓山盟，难道过眼成灰吗？"我坚持道。

她幽幽道，"我已经很累了，很累了……"

"你怎么了？"我接着问，"你在哪里？我现在就来找你。"

"不，我不要你再来找我，只要你忘了我。"她言辞凿凿。

"我是有血有肉的人，怎能说忘就忘，无情无义？"

"我现在在石家庄。"她顿了一下，犹豫道，"但你要是来找我，我立即就到别的城市。"

我没想到她还是那么决绝，于是道："你一定要离开我吗？"

她沉默了一会儿道："是。不离开又能怎样？"

"你还记得吗，我们从相识到现在，多么的不容易啊！难道，从前的点点滴滴，你都不再记得，不再眷恋了吗？"我心有不甘地道，"2007年6月认识，现在是2010年7月，你还记得吗？"

她默然，想想道："嗯，是啊，时间过得好快，转眼间都三年过去了。我们相识于网络，跨越这么长的距离能够走到一起，并且坚持到现在，已经是一个奇迹了。甚至连我自己都没有想到我们能坚持那么久，我能够在云南待那么长的时间。我们从陌生的网络到相识相恋，还在一起那么久，就已经很不容易了。但过去的就已经过去了。你听我的，回去吧，好好工作，好好生活，以后找个真心对你好的女人。"

听了她的话，我有种被欺骗被玩弄的感觉，原来从一开始她就想到了结局，原来这一切她早有预谋。

她挂断了电话，我彻底绝望了。爱与不爱，冷漠与深情，就像是一张张随时可以翻转的扑克牌。

我知道，我和她之间的一切都变了。她不再是那个对我温婉如水的雪了，也不再是那个对我忠贞不渝的雪了。

她母亲看出了我的忧郁，叹息一声。她姐姐的脸色也很阴沉，不知道为什么，气氛很沉重，是否，还有我不知道的内情？

老人没再和我说什么，只是叫我回去好好工作，无论她的女儿跟不跟我走都不要放在心上，男子汉当以事业为重。

我说，会的，您也好好保重身体，有时间到云南玩。

因为和雪的感情破裂，这里和我就没有关系了，我此刻在她家的沙发上如坐针毡，很不自在。

44

曲终人已散

躺在雪家卧室的床上,我呆呆地看着天花板,没有开灯,觉得很累,但又不想睡,沉浸在漆黑的夜里,只想让这黑暗把我静静撕碎。我把头深深埋进被子,无声地流泪,痛苦犹如潮水将我淹没。我感到无处藏匿。

第二天,天刚刚亮,我没有和任何人告别,就直奔火车站,匆匆买好了回云南的车票。在这个偌大的城市,我强烈地感到一种违和感,紫禁城的辉煌反衬着我的落寞。我忽然强烈地想家,想着快点回云南,对着明晃晃的太阳,驱散内心的幽暗和困惑。

回滇的列车上,手机忽然收到雪发来的短信:在床柜第三个抽屉,我留了一张银行卡,里面还有一万元,我不挂失,权当留给你做个纪念,水电煤气费是每月20日缴纳,希望你改掉从前不好的习惯,不要再沾染赌博的恶习,以后好好生活!

看着这条短信,我的内心瞬间凌乱。我不明白这个女孩到底是无情还是有情。

从前我一直疑惑，在这个物欲横流现实得不能再现实的社会，在这个情感荒漠化的时代，是否真的有人会为了一段感情而义无反顾，付出一切。我始终不相信世上会有这样的人和事，以为那只不过是电影和小说中虚构的浪漫情节，但这一刻，我真的相信了，原来这个世界上真的有纯粹的爱情，可以超脱所有。它是那么完美无瑕，却又不堪一击，稍纵即逝。

历时三十几个小时，我回到了云南。这次漫长的旅行，让我感觉像是经历了一场生死轮回。

登临站台，疲倦的我突然有些想哭，一种飘零后的空旷感围绕着我。回到家，我栽倒到床上，想把所有的烦恼忘得干干净净，可不知为什么，此时的我却愈加清醒，毫无睡意。从前和雪有关的记忆在脑海之中犹如播放电影般一幕幕回放，我开始体会到什么叫做为情所困，什么叫做心碎神伤。

我烧掉了所有和她的合影，以及她写给我的日记信笺。火焰烧到她白皙脸颊的时候，我眼中的泪珠再次滑落。

这天晚上，一个QQ对话框闪现，联系我的不是别人，正是雪的前男友东。

"她现在还好吗？你们结婚了吗？"他问我。

良久，我想了想回答："没有了，她现在已经离开我了。"

"啊？怎么会？"

"真的。"

"怎么会这样？"

我忽然觉得此人和我同病相怜，于是善意道："对不起，抢了你女朋友，要不你们也许在一起了。"

"啊！"他又惊愕道，"不，我现在只是把她当朋友了，我和她也有过美好的回忆，希望你不要介意。"

"我不会介意，因为，她也不属于我，我们也只是彼此的过客……"

我发誓不再联系她，不再寻找她，可是有时候，还是控制不住去拨她的电话，坚持每天给她发短信，给她的QQ留言，但她没有任何反馈。

情深未完成

终于，我给她发了最后一条信息："雪，我给你发过无数条短信，打过无数个电话，但你为什么无动于衷呢？对于我们曾经的那些付出，你竟然没有一丝丝的眷恋？你知道吗，我千方百计联系你，无非是想告诉你，我爱你，我很在乎你。也许，我们都需要安静地想想。那好，等过段时间我再联系你。祝你一切安好，替我问候你的家人。"

当时，我只是想给彼此一个缓冲，也许过段时间，她想起我们的从前，说不定会有奇迹发生。

一个月之后，我再次拨打了她的电话，听见的回音让我绝望："对不起，你所拨打的号码已停机。"

我终于明白了，不会再有流风回雪，也不会再有天地劲风了。

生命只有一次，一旦走到终点，谁都无法回头；青春也只有一夜，风雪过后，再也没有我们曾经走过的痕迹。

在以后的日子里，我曾无数次地产生错觉，总以为那个长发飘飘、慈眉善目的姑娘依旧在家门前为我等候。

人生中的痛苦无法避开，而人生中的幸福却也难以品尝。即使偶尔得到了，也会很快消逝，在无人的角落里，我对着破旧小区里开的凄凉丁香花悲伤地微笑。

佛说，当观色无常，则生厌离，喜贪尽，则心解脱。红颜流年，刹那芳华，千年烟云，指尖一瞬。世间无常，我想我应该学会放下。

时间是世上最好的良药，也是最无情的杀手，既能创造出无数美好和幸福，也能毁灭一切。

风雪之恋已经画上了休止符，我只看到开始，却没猜到结局。

几个月后，姐夫和姐姐举行了婚礼，现场很感人。姐夫单膝下跪道："今天我们终于结婚了，以后我一定会让你幸福一生。"

姐夫后来办起了教育培训学校，终于依靠自己的努力，实现逆袭，逐渐实现了当初的梦想。

他们选择去北京度蜜月。他们也很怀念雪，希望借这次北京之行帮我挽回些什么。结束蜜月回云南后，姐姐交给我一串紫檀木的佛珠。她说见到了雪，她依旧热情地接待了他们，但身形却显得极为消瘦。提及和我一起走过的日子，她希望彼此都有一个新的开始，但她也承认，她曾真真切切地爱过，痛过，也哭过，可是现在，她放下了，并叫我也放下，不要想太多。

　　姐姐说他们在游玩途中路过一处庙宇，雪特地买了一串长长的佛珠，自己戴了两天后，要他们带回来转送给我。

45

别了，北京恋人

时光瞬息而过，不知不觉已经两年。

每天下班回家，我都会在立交桥桥洞下看到有人贩卖各式各样的鲜花。我总会不由自主买一束火红的玫瑰花，买得多了，卖花人问我："你买那么多花干什么？送人吗？"

其实，我不送人，如果非要说送，那应该是送给自己吧！我习惯把那些花插好，放置在床头，然后闭上眼睛，静静地去深嗅花香。

很久以前，雪总会在床头摆上一束火红的玫瑰花。她告诉我，她喜欢这花的色泽和芬芳，因为它象征着火热浓烈的爱情。她的日记中有一句话让我久久难忘——又闻玫瑰香，梦回彩云南。因为她第一次冒险来云南的时候，我曾经送过她一束火红的玫瑰花……

我和一个朋友说想彻底忘记她，忘记所有关于她的一切。朋友说为什么要忘记？既然她真切地存在于曾经的记忆之中，无论是欢乐还是痛苦，都见证了你生命的真实和存在。你无法永远拥有她，但你却可以永远拥有这段记忆，直至你走到人生尽头。

岁月是一扇窗，青春是一道门，踏出了就再也回不去了。生命亦是如此，也许正因为短暂，才更加显得弥足珍贵。

群山苍莽，高天流云。

遥望天外云卷云舒，我不觉又想起那首《临江仙》：是非成败转头空，青山依旧在，几度夕阳红。

别了，雪。

别了，我的北京恋人。

别了，我的青春岁月，似水流年！

昨日的浅言如昔，而此刻的你又在何方？

半年后——

一天深夜，我做了一个梦。梦中的城市原本灯火阑珊，歌舞升平，但就在刹那间，天旋地转，世界变成一座荒芜的巨大坟场，无数鬼魂钻涌而出，吓得我尖叫起来。

忽然，一个熟悉的身影漫漫浮现在我的眼前，透过散乱的头发，我依稀看到那张依旧美丽动人的脸颊，只不过，她是那样苍白和憔悴。她就是我的雪，此刻，她正站在坟头朝我微笑。

我问她："你是雪吗？"

她冲我笑着点了点头。

那一刻，我忽然不顾一切，奔到了她的身前，握住她那冰冷的小手，动情道："你知道吗？没有你的日子，我想你想得好苦啊！"

"对不起。"她含泪地看着我，泪眼婆娑道："我已经死了，现在我是鬼魂，离开你，是因为爱着你，不想拖累你。我以为你会就此忘记我，但我现在终于明白了，我的付出和爱是多么的值得。谢谢，若有缘，愿来生再续……"

我被惊醒了，额头满是汗，起身打开灯，正是凌晨三点。我喝了一杯水给自己压压惊，但刚才的梦境却栩栩如生。

以后的日子里，我总是会一个人待在屋子里听一首叫做《一生所爱》的歌曲，哀婉凄美的歌声情真意切，又缥缈空灵。其实我一直不是很明白，为什么雪会那么狠心地离开我，甚至当我再次前往北京找她时，她也总是闪烁其词，始终没有给我一个确切的答案。然而，时间久了，我也再没有心思去寻求那个曾经深深困惑我的答案，毕竟人活着，总是要向前的。

不久，我接到一个电话，是雪的姐姐，她几乎是抽泣着和我说："我妹妹，雪，她走了，永远离开了。"

"她去哪儿了？"

"去天堂了。"

"什么意思？"我顿时惊愕无比，忽然又联想起那个梦境。难道，真的是她托梦给我？

"她得了绝症，已经不在人世了。"

"什么绝症？"

"白血病。"许久，她姐姐很是艰难地吐出了这么几个字，说完，不由得又再次哭泣起来。

我的神经瞬间麻木了，藏在心底的那根琴弦也一下子崩断了，眼泪瞬时倾泻下来。

"怎么会这样？"

"她本来身体就不好，后来知道已经没有多少时日了，就想到离开你，跟你分手，好让你永远忘记她，好好过以后的生活。"

"不……不会的，你在骗我，是不是？"

"我没有骗你，我说的都是真的。"

"既然她都患绝症了，那你们为什么还让她跟我来？"

"正是因为知道她的时间不多了，所以成全她的愿望，让她在人生的最后阶段，做她想做的事情，去她想去的地方，寻找她一生之中认为最纯真的爱情！"

"在她临走前的一夜，她要我告诉你，离开你是不想伤害你，所以她从来也没向你提出结婚的要求，因为，她不想拖累你。她要谢谢你，是你带给她一段美好而又难忘的记忆和时光，让她相信真的有纯真的爱情。"

后来，她姐姐给了我一封字迹有些潦草的信笺，那是她离开尘世前的绝笔：

风：

　　离开你，知道你会难过，会痛苦。可是，痛苦一段时间，你终会忘记，因为时间会抹平一切，若干年后的黄昏夕阳下，你会挽着另一个女人的手臂，甚至还会带着你们的孩子，安然度过幸福的一生。也许到那个时候，你已不会再想起在你年轻的时候，还曾经遇到过我这么一个人……

　　不过这样也好，爱不应该是自私狭隘的，真正的爱应该是博大和宽容的，又何必非要两个人深陷地狱？

　　知道我为什么哭泣吗？因为我悄悄到医院做最后一次检查，得知自己已经没有太多日子了，我又怎么忍心拖累你，连累你单纯善良的家庭？

　　这些天，有时候在我的眼中，日月星辰都在往下坠落，我感觉身体轻飘飘的，像一片无所依附的羽毛。我仿佛穿越了医院的楼房墙壁，逃离了可怕的化学药品……

　　我感觉自己快要解脱了。我的时间不多了！

　　当我看不见群星璀璨的夜空时，希望你还能看到明天再度升起的朝霞。

　　所以，原谅我的不辞而别，原谅我的异常冷漠。

　　你失去的，也是我失去的。在你伤心欲绝的时候，我的心也在滴血，但我不想让你知道，又何必让你知道？

　　既然要成就一段毫无杂质、纯洁无瑕的真情，我希望一切都能尽善尽美，哪怕短暂如流星，闪耀若烟花。

　　人们说2012年是末世，我要在末世之前先行一步。生无所依，死又何求？就让我伴着末世悲歌带着这段风雪之恋走向永恒。

　　佛说，前世的五百次回眸，能换来今世的一次擦肩。等我见到佛祖的时候，我会问他，今生你我的一世情缘，能否换得来世的生死相依，永不分离。

　　三生三世，十里桃花。若有来世，再续前缘。

　　愿岁月静好，安然此生。

雪

飞鸟掠过，冷月无声。

顷刻之间，她的容颜又在我的脑海中浮现。我又想起了她那娇俏的笑脸，她总是把自己隐藏得那么深，不想让别人知道她的痛苦。伴随回忆，我的心也在一点一点陷入泥淖。造化弄人，我们能改变一切，但又有谁能抵抗命运呢？

我终于明白为什么她会那么狠心绝情，为什么像彻底变了一个人，明白了为什么在她离开后还要细数我的缺点，哪怕在最后一刻，还想力所能及地帮助我。我顿悟她在离开前的一段时间里，总会说的那些莫名其妙的话，"如果没有我，你会怎么样？""我不能为你生儿育女，你以后要好好找一个像我一样爱你的人。"

她明知自己时日不多，所以选择离开我。我没有看到她患病时痛苦扭曲的容颜，她总是把最美好的一面展现给我，而背后的残酷只有她自己知道。

她曾问我："如果我死了，你会不会来看我？"当时，我不能明白，没想到竟然真有那么一天，我走到了她的墓前。

正值春天，百花盛开。墓碑旁边，散布着盛开的鲜花和翩跹的蝴蝶。恍惚间，我仿佛再次看到了她，也再次看到那如花似蝶的爱情。

有人说，我们都是为爱而生来到这个世界。我相信，真正的爱情，即使湮没，亦然永恒。

姐姐的孩子快一岁了。上一辈历尽苦难，总希望下一代有更好的生活，快快乐乐，无忧无虑。于是，他们给孩子取名叫乐乐。

乐乐看着我咯咯地笑，她在一天天茁壮成长起来。

这些，不正是世界的希望和生机吗？在这个满目疮痍的世界，我依然看到了隐藏在人性深处的希望之光，原来它未曾消失，一直都在。

后记

　　三国时期，曹植归渡洛水，遇女神。伊美艳无比，光照洛川。令他流连忘返，魂牵梦萦。怎奈人神殊途，洛水之神终究乘龙远去，留给曹植无限的哀思和眷恋。

　　曹植有感于此，遂写下了著名的《洛神赋》，华丽动人的词句章赋，尽显对洛神无限的思慕之情，只可惜，这场艳遇终究化为令人感叹的南柯一梦。

　　新年的钟声再次敲响，我已经25岁了。时间好快，我忽然有种焦虑如焚的复杂感觉。

　　草木枯了，还可以再绿；桃花谢了，还会再开；青春是一扇门，我们踏出去，还能再回吗？

　　岁月可以改变很多，酷暑转瞬寒冬，沧海可以桑田，千年烟云，弹指一挥间。

　　流风回雪：风，今生今世，我都会跟着你。山无棱，天地合，都会与你在一起……
　　天地劲风：可没有物质的支持再美丽的爱情也只是空中楼阁，昙花一现。
　　流风回雪：不会的，真正的爱情就是同甘共苦，相濡以沫，没有什么能够阻拦它。
　　天地劲风：如果我养不起你怎么办？

情深未完成

流风回雪：我很好养的，只要随便吃一点点东西就不饿了。

天地劲风：如果我今生不能有所成就，甚至颓废堕落，甚至无所依傍，甚至浪迹街头呢？你还会不离不弃地跟随我吗？

流风回雪：会的，哪怕你去捡垃圾，我也会跟着你，一起乞讨，一起浪迹天涯。

……

依稀记得从前的一次聊天记录，今天，当我再次拾起这些只言片语，宛若拾起海滩边破碎的贝壳。

时光荏苒，红尘滚滚，年少的我们，从前的日子，青春的岁月，我们再也回不去了！